U0037503

花落

林書玉 著

目錄

悲情

初戀……10
憂鬱……15
命運……20
賣弄……26
鐘聲……32
花落……38
薄倖……43
執著……48
報復……53
別情……58

暗戀

相思……64
狂戀……70

裸露的坦白 76
迷戀之後 81
一抹哀愁是為誰 87
嫉妒 92
胭脂 97
無情 102
酒醉 107
習慣 113

青蘋果的憂愁

自毀的美少女 120
新女孩主張 124
音樂人愛情 129
現代茱麗葉 133
星期六的下午 137

目錄

放浪 141
女生，行不行？ 145
速食婚姻 149
給我空間 153
白色指甲油 157

當東方遇上西方

莉莉安娜 164
紅酒 171
陽光男人 177
千元大鈔 183
我把孩子變黑了 189
單身媽媽 195
她的愛情沒有明天 202
洋女婿（上） 208

洋女婿（下） 214
法國情人 221

霓虹蓮花

KTV女郎 230
信用卡竊犯（上） 237
信用卡竊犯（下） 243
香奈兒女郎 250
亂了節奏的探戈 257
春恨 264
冰山美人 270
檳榔西施 277
電話女郎 283
叫我公主 288

序言

男人跟她說：「愛情應該要使他快樂才是，但是如果他因為愛情而飽受痛苦，他也心甘情願，這代表他愛得深；只是這個痛苦總要有結束的時候，否則他走不下去了……」這是我書裏的一段句子，會如此寫是因為我是這樣看待感情的。

寫完「女人窺心事」後，日子一得閒便又趕緊埋首在書堆裏，這時剛好看到李敖回憶錄一書，在書的末了，李敖先生談到了他對愛情的想法，覺得滿有意思的。他說：「我相信，愛情本是人生的一部分，它應該只占一個比例而已，它不是全部，也不該日日夜夜時時刻刻扯到它。一旦扯到，除了快樂，沒有別的，也不該有別的」。

試問，有多少人生來可以如此豁達？每個人的愛情遭遇畢竟都不同，所以每一段感情的背後，都有一段個人內心深處的「歡笑」與「血淚」。在我認為，「愛情」就像人的「情緒」一般會隨著外在的環境而改變，變「好」變「壞」其實都掌握在當事者手裏。畢竟，每一段愛情的開始，都是甜蜜的，有誰的愛情一開始就想讓對方受傷呢？

如果你曾在感情上跌倒受傷，當你回首前塵往事時，你都記得了什麼？如果你只記得痛苦的事，那麼你恐怕還要再繼續痛苦下去；我想唯有想起所有愉快的回憶，你才會原諒對方，感謝對方曾在你生命留下這一頁，並讓對方愉快的消失在你的記憶深處裏。當你心裏有愛，當你真誠的想愛時，你才會找到屬於你自己真正的「愛情」。

悲情

不是願意飛蛾撲火，
只是～情難自禁

初戀

星期日，女人一覺醒來已經快中午了。她睜開眼，兩眼瞪著天花板，懶懶的不想起床。想起昨夜樓上傳來的嘈雜聲，她心裏感到厭煩透了。「這些人難道不懂得尊重鄰居的安寧嗎？」她想。然後又自言自語的說：「看來是剛剛談戀愛，瞧那男的一定猴急的很，拿出所有的本領，對女的用盡了心，恨不得早一點扒光她的衣服。女的當然也不是省油的燈，總要故做姿態一番，非得把那男的折磨盡了，才肯讓他舒舒服服的……」說到這兒，女人像意識到什麼，拿手封住自己的嘴巴，一個人躺在那兒大笑起來，然後對自己說：「Shut up，你在說什麼？他們做什麼關你什麼事。」把自己責備過後，她才起床。

女人回想起自己的初戀，當初她才沒有這麼大方。她跟初戀男友在一起很長一段時間後，才肯跟他變成親密伴侶。而且，她認定自己一定要嫁給他的，她是那麼愛他，如果不能長相廝守，那麼這段戀情還有什麼意義呢？她實在無法想像現在的年輕人把戀愛當遊戲的心態。感情的事這麼容易放，容易收嗎？那麼為什麼她自己放出去的「感情」卻收不回來。是別人愛得不夠深入，還是她對愛情的道理不能領悟。剛剛在分手之初，她常常在夜半驚醒過來，滿眼是淚的問自己：「這樣的苦難還有多久才能結束？」經過很多年以後，她明白了苦難永遠不會結束，只要她心裏有「愛」存在的話。她樂於被愛折磨，朋友笑話她，說她是愛情敗將，只是被打敗一次，就永不能翻身。她反過來嘲笑他們：「你們才不懂愛，我就是因為理解什麼是愛，才不願再談其他的感情。」

女人的初戀來得很晚，是在她大學畢業後的那一年，也是她開始工作的那一年。男人跟她是在工作場合認識的，但不在她辦公室內，是在她去拜訪客戶時認識的。男人是她客戶的客戶，碰巧那天也去拜訪客戶，兩個人見面，女人是小女孩心態，嘟著嘴，不太搭理人。男人卻是一看就愛上她的純真，硬是要跟她交換名片。之後。男人就經常藉故打電話找她聊天。沒有談過戀愛的女人「心」多數是豆腐做的，特別軟，也特別脆弱。女人原來拿男人當敵人看待，但是男人溫柔的攻勢一來，女人的心開始被攻陷，不到一個月的時間，她的敵人已經成為她最愛的人了。

女人對愛情既然接觸的晚，當然也不是很明白愛情裏「互相包容」的道理。男人因為愛她，對她的任性、刁蠻一開始都很忍讓。女人一談戀愛就遇上個爛好人，她天真的以為「愛情」原來就是這樣，可以予取予求，可以順著她的感覺來決定事情的對錯，所有應該按著道理進行的行為，全部被破壞，剩下的僅是男人不知道應該拿她怎麼辦的煩惱。女人的溫柔漸漸被任性取代，男人越好，女人越壞，然而每次自己胡鬧過後，她又是無限的後悔。她自己也常常亂了分寸，不知道該怎麼辦？對男人，她已經刁蠻慣了，又怎麼叫她低下頭來承認自己的錯誤呢？

男人到底還是受不了她的任性，儘管他對她的愛是那麼深，終究還是要離去。分手時，男人跟她說，「愛情應該要使他快樂才是，但是如果他因為愛情而飽受痛苦，他也心甘情願，這代表他愛得深；只是這個痛苦總要有結束的時候，否則他走不下去了……」男人說走就走，她也沒有挽留。她領悟他的愛是在跟他分手之後，但是一切似乎已經晚了。她跟男人在一起時，從不掉淚，男人一離開，她的淚水卻從沒有停過。她的生活少了男人，突然變得很空，到這時她才真正明白原來她的生活那麼有興味，是因為她有了他的愛。她後來才知道是因為她也愛得這麼深，才故意這麼折磨她的男人。當愛情存在生活裏時，她不懂品嘗它的甘美，當愛情遠離時，她卻要為它吃盡苦頭。女人並不後悔，她只是懊惱自己沒有早日體悟男人的話，她領悟他的愛是在跟他結束之後，現在她這麼為它受苦也是理所當然的事，因為她也愛得深啊！

女人望著擺在桌上的男人的照片，心裏還是無限迷戀。男人有著迷惑人的笑容，不算俊美的臉龐卻帶著無限溫柔。他原來是這麼迷人的，為什麼自己以前都不曾注意過呢？跟男人分手已經好多年了，她沒有再跟誰交往過，女人開玩笑的對自己說：「啊！第一次戀愛就愛得這麼深入，是很吃虧的，叫我以後怎麼再去體會不同的愛，叫我怎麼辦？」女人深情的看著照片裏的男人，嬌聲的說：「是你教我懂得什麼是愛情，但是你卻沒有教我如何維護它。現在你一走了之，這滿懷的相思你要叫我怎麼生吞。」

憂鬱

女人走在擁擠的街道，人來人往的人潮，把傍晚的街道點綴得異常熱鬧。女人的一顆心卻無法快樂起來，這條道路刻劃著她的許多回憶，她那美麗，卻再也追不回來的回憶。她獨自走著，一雙黑亮亮的眼眸，仍不時的東張西望，她在人潮裏尋找自己熟悉的身影，這個身影曾經陪她隨性的漫步在這條街道上，也伴她走過無數的大街小巷。他們一起走過多少風風雨雨，走過多少歡笑甜蜜。這個身影曾經把她緊緊的摟在懷裏，怕她會趁著黑暗偷偷的溜出他的生活，但是他的擁抱還是沒能留住她。她依然堅持飛出他的懷抱，傷了那個最愛她的人的心。

女人跟男人從小就玩在一起，他們一起經歷過彼此的成長過程，一起經歷過生活所有的快樂與不快樂。他們之間沒有任何秘密，最重要的是男人總是願意承擔女人的苦，只要女人生活上有任何的麻煩，男人不吭一聲的全扛起來，女人對他充滿感謝。他們的感情是這樣開始的：女人從小就對家庭幸福感到很模糊，她的父母親從她小時候就開始吵，到她長大成人後，他們還是小吵不停，大吵沒有減緩。女人實在有些不耐煩，但他們是自己的父母親，她又能如何？從她上大學的那一年開始，她終於找到藉口可以搬出去住。男人跟她不同，他來自一個健全幸福的家庭，父母親都受過良好的教育。但他們為人很開通，對男人採取開放的態度，只要他喜歡的，他們向來不反對。當然，最主要的是他們信得過自己的兒子，所以當兒子表明女人是他的最愛時，做父母的也熱情的對她展開雙臂歡迎，他們不在乎女人家裏環境如何，不在乎女人的父母如何，他們跟著兒子一起愛女人，因此對於兒子要求搬出去住的做法，他們雖然不是很願意，也沒有堅持。

女人在上大學以前，她的世界沒有其他男人闖進來。她生命的唯一是男人，她的生活一直都只有男人的存在。她對男人的想法很單純，在看過她父親的作為後，她相信自己這輩子只想跟男人廝守。她沒有那個膽量去嘗試男女之間的花花世界，因為害怕受傷，她安然的躲在男人為她撐起的一片天地裏。在經過這麼多年的相知相守之後，他們很習慣有彼此的日子，也很不安沒有彼此的日子。

但是，事情的進展總是不如人們所計畫的那般美滿。它的變化也常讓人措手不及。上了大學以後，女人的美像一朵在春天裏綻放的花一般，深深的吸引人。學校裏的男同學就像蜜蜂一樣，緊緊跟隨在她的身影後，女人先是被突如其來的追求嚇了一跳，有時她跟男人聚在一起閒聊時，她還會取笑這些緊盯著她不放的男同學。男同學待她好一點，她就笑這些人莫名其妙，幹嘛沒事送她東西，反正她也不會跟他們出去。男人往往聽了她的話之後，便顯得很不安寧。他總覺得這樣不太好，她要女人跟這些人保持距離，他說他曉得男人都在想些什麼，千萬不要掉入他們設下的陷阱。女人聽完後，總要吱吱咯咯的笑著，她笑男人想太多，她的心裏只有他一個人，這是一輩子都不會改變的事實。

女人對男同學的追求越不在意，男人越不放心。他經常提醒她，男同學的真正目的是什麼？女人剛開始還會跟男人敷衍兩句，久而久之，她對男人的叮嚀越來越感到不耐煩。何況，大學生活總是跟高中時代不同，她接觸的範圍廣了，便自以為自己懂得多了，她不想男人每件事都告訴她應該怎麼做。她的心開始被外面的繁華世界所引誘，她想去了解外面的世界，她想去看看不一樣的人生，她想起好多事情來。然而，她目前最想做的竟是掙脫那個愛護她的男人的懷抱，只因為她想自在的呼吸外面的空氣……

男人跟女人走在那條街道上，女人低聲的求他說：「讓我走，我想要自由，我想要過不同的生活。」男人聽了，一臉黯然，他無力的說：「你不用求我，你的自由是你的，只要你想飛，隨時都可以飛，用不著問我。」女人接著說，「那麼給我一些時間，讓我思索一下。」男人淡淡的回答：「你以為感情的事可以讓你做考慮，好讓你獲取你想要的，那別人的感覺呢？你把它放在哪邊。」女人聽了低下頭，像座雕像杵在那裏不動。男人說完後，轉過身，掉頭而去。

女人走在那條熟悉的街道上，整個人感到一陣虛脫。她想：「哎！為什麼我要對你說那些傻話，為什麼我不能堅持我當初的誓言，我的確想要自由，但你可以阻止我啊！我現在才知道並不是所有的鳥飛出鳥籠，都一定會得到快樂。你在那裏呢？我想要你再愛我……」她的淚水像露珠一般，垂掛在她的眼眶上，她的心很重，重到步伐都快邁不開，重到她想不起自己的愛情將會落在何方？

命運

女人凝望著桌上的玫瑰花，那瑰麗鮮艷的色澤已經開始漸漸變得黯淡。有些許片花瓣已凋落在桌面上，平躺在那兒，像女人哭乾了淚水的心，顯得那麼寂寞，那麼的孤單。她問自己：「這一切都是我的錯嗎？我真的像他們媽媽說的那麼沒品嗎？」女人兩手抱住胸膛，身體微微的顫抖著。「啊！為什麼在末春的季節裏，天氣依舊這麼寒……」她在心裏暗地的跟自己說。

大約在兩年前，女人跟著朋友去參加一個生日PARTY，女人當時不太願意，因為她並不認識壽星。她曾經去過幾次這種場合，結果通常都是只有她一個人坐在那兒，無聊的吃著蛋糕，喝著咖啡。吃飽喝足後，她毫不留戀的就走人了。「參加這樣的PARTY，有什麼好玩？」她問朋友。朋友臭她：「那是你不懂得過生活。你真行，在那種生日PARTY裏，你還可以一個人獨自坐在那兒吃東西，你真的很寶貝耶。」女人被朋友糗得有些難堪，她憤憤的說：「好嘛！我是不會過生活，但我也沒有辦法像你這樣啊，什麼男人都想交。」，朋友曉得她生氣了，就逗著她說：「好嘛！我比較花啦，你比較乖啦！但是交朋友本來就應該這樣子，各種場合都不能白白的放棄機會。而且我不像你有男人緣，你不找男人，男人會主動找你。」。女人沒等朋友說完，就急急的說：「唉呀！你在說什麼嘛，跟你去就是了，要你囉唆這些有的沒有的。」

女人那天如同約定般跟朋友到了一個陌生的生日PARTY。女人對這種場合一向沒有存著太多幻想，所以她仍是安靜的吃她的東西，等時間一分一秒的過，熬到差不多了就走。但出人意外的是那個晚上她遇見了高中同學，同學幫她介紹一個男性朋友，這個男人是預官，身高六呎，儀表非凡。男人跟女人雖然那晚才初識，但兩人就像約好來參加PARTY的一對璧人，有說有笑。直到PARTY結束，他們還意猶未盡，感覺上時間似乎被人扭轉得過得快了，分手前，兩人約好了改天出來一起吃飯，才愉快的道再見。

之後，女人等過男人的電話，男人沒有如期打來。女人也就沒有放在心上，她想，「PARTY裏認識的人就是這樣，當時大家一起嬉鬧作樂，純粹受了氣氛的感染，誰會把約定的事當真呢？」過了不久，同學打電話給她，說有人請吃飯，問她來不來?女人的直覺上告訴她是男人約的。不知道為什麼她沒有生男人氣，也不想錯過見他面的機會，她一口氣便答應下來。女人刻意打扮後才來到飯館，男人跟女人都很高興，吃飯的氣氛有一點「HIGH」。飯吃到一半，有人過來打招呼，男人介紹打招呼的人是他哥哥，並解釋哥哥碰巧也在同一個飯館吃飯，特別過來跟大家認識認識。接著，哥哥果然很客氣的跟每個人點點頭，介紹到女人時，哥哥的眼光多逗留了五秒鐘，那五秒在女人看來有如五分鐘那麼長。女人被看得有些尷尬，她不好跟他直接對看，印象裏只記得哥哥的眼睛很深邃，看人時，被看的人會不自覺的陶醉。

那次飯後，哥哥開始打電話給女人，女人猜他一定是跟男人要的電話，她想無所謂吧！反正大家都是朋友，何況男人對她也沒有特別的感覺。哥哥開始約她出去，她跟哥哥的感情就漸漸好了起來。哥哥有時也會把她帶回家見父母親。這個情況看在男人眼裏，忽然令他感到不是滋味，他以為他認識女人在先，這個機會再怎麼也輪不到哥哥。所以，他也開始約女人。女人不清楚自己是怎麼答應男人的，反正跟他一起出去一次後，以後便再也拒絕不了。哥哥知道後，非常懊惱，痛苦，他想如果他們是真心相愛，他願意成全弟弟跟女人。哥哥後來果真不再找女人，女人失去哥哥的關心，又開始想念哥哥。她主動找他，但是哥哥避不見面。到最後，兄弟兩人為了女人，弄得很不開心。兩人一見面，氣氛不是很火爆，就是很尷尬。後來還是母親不忍心，她特地來找女人。男人母親一見到女人，態度還算客氣。不過，等她一開口，說起話來卻像刀子般割人。她說：「我就兩個兒子，我希望他們幸福。而且他們交女朋友是要辦喜事的，而不是辦喪事。人有幾兩重，自己要先拿捏，不要讓別人說一聲沒品，才肯放棄，豈不是很沒價值……」

男人母親走後，女人整整哭了一個晚上。事後，哥哥知道母親找過女人，帶了一束玫瑰花來看她。女人見到他，哭著說：「我也是有媽媽疼愛的小孩。」哥哥笑了。他說：「我知道我母親的性子，特別帶花來賠罪，沒有別的意思。」，女人聽他這麼說，一顆心立刻往下沉。她輕聲的說：「你不打算理我了？」哥哥沒有馬上接話，他想了一會兒才說：「事情已經變成這樣了，我們就順其自然好了，不要想太多。」

如果那天堅持不要去那個該死的「生日PARTY」，是不是以後所有的苦痛都不會發生？女人常常在事後這麼反覆思索著。但是已經發生的事卻是永遠也回不了頭。她看著漸漸枯萎的玫瑰，想起哥哥的溫柔。她的嘴角在笑，心卻在淌血，如果當時她不要想起男人俊帥的臉，不要去赴那要命的約會，那麼現在是不是就不會坐在這兒苦苦思念哥哥的溫柔。

隨 手 心 情

賣弄

男人隔桌看著她，看她在成堆的人群裏盡情的賣弄，賣弄她的美麗，賣弄她的身材。他感慨的嘆了口氣，替她感到很可惜。他想：「像她這樣的女人，太輕視自己的真情，她應該找個懂她的男人，讓男人好好疼惜她。」他目不轉睛的看著她，看她的眼波在流轉間，會不經意的流露出一股淡淡的哀傷。他不明白自己怎麼就心疼起她來了，他很想走過去，輕輕的摟住她，或者在她的臉頰上輕輕的啄一下。然後在她的耳根上細聲的說：「跟我回家吧！把你的激情都給我，我會把它收藏在我的生命裏。」

女人不知道男人正在看著她，她也不想知道誰又對她有興趣。她只想自由自在的跳她的舞，聽她的音樂，看她自己被人群淹沒，看她的靈魂被黑暗吞噬。她放縱自己在靡爛的生活裏，放縱自己在陌生的人群裏，她不肯停下她的舞步，不肯停止她扭動的身軀。她總得等到自己精疲力盡了，才肯拖著沉重的步伐，回到那寂寞冰冷的家。女人沒有注意旁人的眼光，不管別人看她是賣弄或墮落，對她來說都已經沒有任何意義了。

女人不是天生就喜歡這樣糟蹋自己的生命，但人會改變總是有原因的。如果不是她的感情曾經被人無情的踐踏，她又怎麼會如此的腐化呢？她明白自己不該自甘墮落，她也想過要擺脫過去苦痛的糾纏，重新找回自己。奈何傷害太深，她只能眼睜睜的看自己一天一天的沉淪下去。她是曾經深深愛過人的，為了這段感情，她付出所有的精力，所有的感情，財務和自己。她也做過美夢，希望有一天他攙手帶她進入禮堂，在所有羨慕、祝福的眼光下，他對她的幸福做出承諾，他們的一生就繫在那句永恒的誓言上。從此，她願意為他做牛做馬，她不介意人們笑她傻，也不在乎新女性主義，只要他承諾給她一個美滿幸福的家庭。只要擁有他，她的犧牲又算得了什麼。

女人的他是她上一個公司的課長，她認識課長那一年，才剛剛踏入社會做事。論經驗，論人面都不如已經做到課長級的他廣。一開始，女人是在課長手下做事，女人的聰慧再加上課長的指導，使她進步的速度呈三級跳。長久下來，女人已經可以獨當一面處理事情。由於女人做事認真負責，因此在工作上會漸漸跟課長產生衝突，她的行徑使課長倍感威脅，終於用了不太光明的手段把她逼離辦公室。事後，課長可能感覺良心上過不去，或者他是真的欣賞女人的辦事能力，因此他主動約她吃飯，道歉。女人這時已經有了另一份穩定的工作，又因課長過去的指導才能使她如此成長，所以對此課長的道歉，她便欣然接受了。

有了這樣美好的開始，課長便經常藉故約女人見面。當時課長已過適婚年紀，他這麼約她，女人不笨，自然猜得出他的心思。感情的發展是順著結婚這條計畫走的，因此女人對課長也特別大方坦白。她想，「反正早晚都是他的人，何必跟他計較這麼多呢？」於是她掏心掏肺，掏情掏錢，把自己一股腦兒全都給了課長。課長的父母親對這個未來的媳婦自然滿意的很，每次見到她時，總是噓寒問暖非常客氣。就在他們計畫結婚的前一年，女人還自掏腰包帶未來的公公，婆婆去香港玩一趟。之後，課長的的父母親就經常當著兒子和女人的面誇口的說：「好啊，這個未來的媳婦沒得挑。我們沒有話說，你們得趕緊選日子……」女人聽完後，總是笑，但是課長卻沒有任何反應。女人後來注意到了，還以為他是因為結婚的日子近了，心情緊張的緣故。

女人到底還是沒有把課長看透。一個男人會為了鞏固自己的地位，把她逼出公司，對她能有多少真情呢？課長後來還是偷偷摸摸的跟別的女人在一起，而且在一起已經有一段時間了。女人是耳聞之後才曉得自己的一片真心被課長給騙了。對方比她年輕一些，美麗一些，但最主要的是對方的家境比女人好很多。課長要的就是「錢」。女人找課長理論，課長直接明說他已經跟對方看好日子了。

女人找課長的的父母親，老人家的口氣平淡，他們對她說：「兒子的事，兒子自己決定。」，女人聽了當場大哭，她顧不得顏面，把兩個老人當場羞辱一番，才帶著一身的「恨」離開。

羞辱了老人家又如何？她的恨沒有減緩，她的辱罵改變不了事實。她不想去面對所有的難堪，她把自己丟入人群裏，為的是躲避一個人的孤寂。她沒有搭理人，她想過一個人如果跳舞能夠跳到心滿意足的離去，也是一種幸福啊！她想，「原來要墮落浪蕩並不難，只要敢做，就可以做到；原來要變心也可以如此快速啊！為什麼她以前不懂這個道理。」

男人終於走過來，他很客氣的說：「小姐，你應該要回家了，我送你好不好？」女人看著他，冷淡的說：「我是要回家了，不過為什麼要你送？我有錢可以搭車。」她停了一下，又說：「不過，我沒有錢可以給你養家。」說完後，轉身就走，走時還回頭對男人嫵媚的笑了一下，那笑臉令男人一個晚上都入不了眠。

隨手心情

鐘聲

女人一早起床，上好妝，便往教堂裏去。

女人信奉基督教已經有一段時間了，一開始是一位長輩帶著她去的，當時她正瀕臨聯考的壓力，整個人憔悴的很。還是長輩看她這樣下去不行，帶她到教堂做禮拜，就當做是幫她釋放壓力的一個去處和方式。也許女人當時的確需要有個地方可以讓她暫時忘記聯考的壓力，所以她也沒有想到「宗教」這麼嚴肅的問題，一口氣便答應下來。

女人和教友一起跟著神父的指示，一步一步的做完禮拜。她沒有想太多，但是當儀式快結束時，教堂的鐘聲忽然響起，在那一瞬間她像走進「愛麗絲夢遊仙境」的小女孩，馬上被鐘響深深的吸引住。她立在那兒，閉上眼仔細的凝聽。

「啊！如果可以每個禮拜都聽得到鐘聲，那麼我願意每個星期都來做禮拜。」她突然向上帝禱告。那是她第一次上教堂，第一次向上帝祈禱。她覺得鐘聲像冥冥中註定好的，要在那一刻來到她年輕的生命裏。她相信命裏有些不能更替的事實，即使這些事實尚未在生命裏發生，但是總有一天還是要面對。

從那一天起，女人便把自己定位在上帝的子民內。她每個禮拜固定上教堂一回，除了做完所有固定的儀式外，她也會抽空參加教會的慈善活動或進修課程，當然還有她財物的捐獻。這些習慣她一直維持下來，上帝跟鐘聲陪她到大學畢業，也經歷過幾年的時光了。女人母親原來擔心自己的女兒太過投入信仰，偶爾會給她一些壓力，讓她減少教會的活動。而且女人自從加入教會以來，從不見她交過任何的男朋友，做母親的希望小孩幸福，難免會嘮叨著，要她趕快找個人嫁，光靠上帝也幫不了自己。女人一輩子的幸福最重要，眼睛睜大一點，有個依靠才是正題。母親每次這樣說她時，女人就唯唯諾諾的應付過去，但是她答應母

親自己的事自己會打理，決不讓她操心。

女人後來透過教友的介紹，認識了在銀行上班的男人。男人才大女人幾歲，論外表，論學識，兩個人不相上下。從第一次約會以來，女人的心意便整個放在男人身上，男人有修養，有禮貌，談吐非常得當，選男人她在意的是「人品」。隨著約會次數的增加，兩人的情感也日漸提升。男人沒有想太多，一切順其自然就好。但是，女人卻不同，她沒有想過別的男人的懷抱，她要的男人就在她的眼前。因此，她對兩個人未來要走的路途，已私下在一步一步的計畫當中。她的宗教教導過她「家庭幸福」的重要，她相信人應該對自己的愛情、婚姻保有絕對的忠誠。所以，她需要的是一個好男人，而男人就是她的「Perfect Man」。

她認為男人的信仰不能跟她背道而馳，否則怎麼相持相守的走下去呢？於是，她主動跟男人提示她的宗教信仰。她跟男人說：「我是一個很虔誠的基督徒，你會不會反對？」男人一聽，直接問她：「有多虔誠？」女人笑了。她說：「不要緊張，我不是那種走火入魔的宗教信仰者，我只是會固定參加教會的活動。」男人鬆了一口氣。他笑著回說：「每個人都有自己的習慣，我當然不會反對。」女人一聽，才安心的放下心中那塊大石頭。

約會的激情像夏季尾巴的陽光，時間一久，熱力便開始緩緩減弱。女人對男人最終的要求終於浮上檯面，她想要男人也變成「上帝的子民」。她曾經試探男人的想法，男人的態度很明確，他對宗教信仰一點也不感興趣。女人並不放棄，她先跟男人說教會裏有一些她的朋友，他們想見見他。男人沒有任何介心，他高高興興的跟著女人來見她的朋友。只是他萬萬沒想到，女人原來打算利用教友的力量，把他拉進她的信仰裏。男人坐在那兒聽大家七嘴八舌的規勸他，投入上帝的懷抱，上帝會如何，如何。男人一個晚上隱忍著自己的脾氣，直到聚會結束，他把女人送回家，沒有聽女人做任何解釋就離去。

事後，女人小心翼翼的賠不是，男人並不領情。女人低著頭等男人發脾氣，沒想到男人只是簡單的說：「我們到這裏結束吧！以後不要再見面了。」女人慌了，她哭著問：「為什麼？」男人苦笑：「相愛是要互相接納彼此的不同，而不是急著把不同變做相同。如果我變成教徒，而一直不快樂，你忍心嗎？當你想辦法要改變我時，你已經不是在愛我了，而是在愛一個你想要塑造出來的男人。很抱歉，那決不會是我。」男人說完後，掉頭而去。他不想聽女人的哭泣聲，也不想聽女人的解釋，他小聲的嘲笑自己：「哦，對不起，我不是教徒，所以沒有同情心，你的眼淚請你自行解決。」

女人照常上教堂，她仍舊喜愛聽教堂的鐘聲，一聲一聲的傳進耳裏。上個月，她參加教友的婚禮，看見一對新人幸福洋溢的步出教堂，教堂的鐘聲響徹雲霄，她的淚水跟著鐘聲的節奏一滴滴的滴進她的心坎裏。她曾經嚮往過這樣的幸福，但是，一切的美夢全淪為一場空。她問自己：「為什麼，當你愛一個人時，卻不能為她改變，為什麼你不能為了愛我，也愛上帝呢？」這話女人原來打算說給男人聽，現在卻只能說給自己聽。

隨手心情

花落

喜宴上的氣氛把六月的熱氣給沖散了，大家不管新郎頭上的汗珠，逕吵著他，要他把新娘抱起來，繞著宴席走一圈；或者他也可以選擇跟新娘嘴對嘴當眾接吻，就放他們過關。宴會上的賓客笑成一團，新娘坐在那兒露出甜蜜的笑容，等著看自己的新婚夫婿如何解決這個難題。新郎倌假裝抗議，他說：「你們這些人算什麼兄弟？這麼熱的天，你們這樣整我。嘿嘿！你們都不打算娶老婆了嗎？」說完後，他露出一個詭詭的笑容，緊接著轉過頭，朝著新娘紅艷的嘴唇吻了下去。大夥兒嘩的一聲全都叫了出來，接著拍手叫好。親完後，新郎伸出雙手做出一個勝利的手勢，並且得意洋洋的說：「感謝兄弟們的愛戴，讓我可以早一點過關……」，這時候大家還在一旁高喊：「還不夠火辣，我們要看三級的……」，喜宴的氣氛在這一刻被哄抬到最高點，笑聲此起彼落，熱鬧非凡。

女人坐在宴席的最邊邊，她只是淡淡的看著大夥兒嬉鬧。今天是她妹妹的婚禮，她在心裏跟自己說：「我真的替她感到很高興，我真的是這樣想……」想到此，她的眼眶忽然濕濕的，她怕壞了妝，趕緊抓起隨身的小皮包，往洗手間裏去。女人坐在馬桶上，淚水像水庫放水一般，立刻滾出她的大眼眸。她兩手掩面，顧不得她的妝，壓低了聲音，嚶嚶的哭了起來。女人邊哭邊想，經過那一件事情之後，她快三年沒有見到妹妹了。如今妹妹已經覓得自己的幸福，今後將有愛她的人守在她身邊，跟她一起分擔生活裏的所有苦難，以及分享生命裏的所有喜悅。而她自己呢？除了苦苦守住那些難堪的往事外，還保有些什麼？為什麼她不能像妹妹一樣，讓那件事「Let it go」，她可以繼續往前尋找她的幸福，而不用在這裏做困獸之鬥，她問自己。

大約四年前，女人和她妹妹還在同一所大學念書，女人比妹妹長一歲，因此對當時還是大學新鮮人的妹妹非常照顧。在校園裏常常可以看見姐妹兩個人，形影不離的守在一起，姐妹倆的感情非常好。有一次參加社團活動時，她們一起認識了長女人一屆的學長，之後，在校園內便常常可以看見三人的影子。學長是個很健談的男人，不僅會教她們兩人功課，而且還會不自覺得對她們說他的理想。女人當時已在心裏迷戀起學長，她覺得訴說理想的學長有一種哲學家的風采，特別令她著迷。她把這個迷戀放在心上，不敢直接表達出來。一來是怕破壞三人之間的美好氣氛；再者，她發現妹妹似乎對學長也滿有好感的。常在談話當中提起學長的種種好處。女人知道她如果沒有弄清楚學長的意圖，她不會輕舉妄動。

他們三人的關係一直保持得很和諧，也維持了將近一年。他們的關係開始變化是從學長單獨邀請女人出去看電影起。女人當時一獲邀，直接的反應是學長愛她多一些。她把這個想法一直放在心上，所以她也沒有告訴妹妹她跟學長單獨出去看電影的事。然而，令她猜不透的是她以為跟學長看過電影之後，他們之間的關係應該會更進一步才是，但是學長待她卻跟以前沒有什麼兩樣。她想，也許學長不想在表面上傷害妹妹的感情，所以刻意維持目前的狀況。她在腦子裏轉來轉去，終於想出一個解決之道，解決的辦法是找一個適當的時機告訴妹妹她跟學長的事。

不知道是女人的動作太慢，還是事情註定該發生的就會發生。當女人決定告訴妹妹時，她才發現原來學長也單獨約過妹妹，而且他們已經瞞著她出去過好幾次了。這個事實對女人來說簡直是晴天霹靂，她不敢相信自己的妹妹會奪她所愛。她無法控制自己的情緒，等妹妹一踏進家門，她就不分青紅皂白的馬上賞她一個巴掌。妹妹沒來由的吃了一巴掌，像隻被惹火的母獅，她一撲上去兩姐妹就扭打成一團。打累了，兩人才停手。女人問妹妹：「為什麼跟學長出去，他喜歡的是我。」妹妹笑她：「憑什麼?學長是我的。」說完扭頭走進自己的房間。女人傻在那兒，她在想妹妹的話：「學長是我的，什麼意思？」女人跟妹妹隔天約學長見面，讓學長自己表態。學長的話很簡單，他不是誰的，他早就屬於別人。

女人念完書，從家裏搬出去住。她不想再跟妹妹有任何瓜葛，父母親怎麼勸，她都聽不進去，她的心裏篤定的認為是妹妹破壞了她跟學長的感情。對於學長，她早已忘懷，但她就是不能釋懷妹妹的做為。是妹妹把女人對她的姐妹情誼糟蹋殆盡。儘管事後妹妹曾經來信道歉，但是女人就是不想輕易的原諒她。

女人拿出粉底跟口紅開始慢慢補妝。她想，妹妹今天好美，那麼久沒見到她了，她還是老樣子，沒怎麼改變。女人補好妝，走進宴席，看大家還是熱鬧成一團，她的心情突然一放，她走到妹妹眼前，拿出預備好的禮物遞給她。妹妹一看是她，原本嘻笑的臉剎時停住，她握住女人的手，眼眶忽然注滿淚水，她哽咽的說：「我等了好久了！」女人笑著點點頭。她那漸漸枯萎的臉，在那剎那間，突然變得好美。

薄倖

女人斜靠在躺椅上，在這炎熱的七月天裏，她的內心卻平靜如寒冬裏的湖水。燥熱的天氣燃不起她的熱情，她的愛情早在去年夏天死去。她用十年歲月苦心經營的愛情，隨著被郵寄回來的戒指而結束。十年的時光，十年的自己，在那一瞬間，全都消失在記憶的河流裏。她突然忘記自己是怎麼開始這段感情的，也記不起男人的容顏。她只記得當她打開包裹看見戒指時，她的心還是那麼激動。她覺得戒指怎麼還是那麼美，經過漫長的歲月，它的美卻一點也沒有改變。她憶起她第一眼被它吸引時的悸動，深情的看著她當年為愛情所做出的承諾，她捨不得將眼光挪走，她害怕是不是一閉上眼，戒指也會跟男人一樣，悄悄的溜出她的生命。

女人坐在那兒把玩著手裏的戒指，七月天燒不起她的心，卻逼得她額上斗大的汗珠不停的冒出。戒指被她手心的溫熱給感染，握起來暖烘烘的。她想：「男人的手心何嘗不是如此的暖和過她的生命，但是夏天會過去，但也會再回來。她愛過的人啊！卻是懷裏擁抱另一個女人，回不了頭了。」

十年前，女人跟男人還在大學念書，便約定這輩子只有彼此，把心交給另一方收藏，不後悔，不食言。女人當時想：「男人信口說說的話，她儘管聽，卻不往心裏去。誰曉得今天說過，也許明天就忘了，何必那麼認真。」女人照舊過她的日子，照舊念她的書，照舊在校園裏被狂蜂浪蝶追求著。男人一看這情形，心裏倍感不安，他還差一年就畢業，女人卻還差兩年，況且他一畢業，就必須去服役，他們兩人的感情一耽擱，就是好幾年的時間。他若是能在學校緊緊守在女人背後，那還好辦。萬一他去當兵，女人叫別人追走了，他這輩子都不會原諒自己。他把內心裏的話全數說給女人聽，女人被男人的話感動。於是，兩個人想出一個萬全之計，男人一畢業，他們就訂婚，各自拿一只戒指把雙方緊緊套牢。

訂婚的儀式很簡單，只有彼此的家長，少數的親朋好友參加。但對男人跟女人來說意義自然大不相同。訂過婚等於承認兩人當年說的「這輩子只有彼此」。往後的日子即使有風有雨都必須一起渡過。當男人把戒指套在女人手心時，他跟女人說：「你跑不掉了，你這輩子都是我的，以後我去當兵也不用害怕你會被人追走。若還有別的男人不識相，你就亮出你的戒指，把他們趕跑……」女人聽了嫣然一笑，她說：「那如果人家說一只戒指算什麼，我給你兩只，你怎麼辦？」男人伸手握住女人的手說：「你不會這樣待我，我知道你不是這種人，否則我又怎麼敢將我僅有的一顆心交給你呢？」女人嬌嗔的點點頭。

男人服完役退伍之後在一所私立高校教書，他跟女人的日子過得平淡快樂。女人問他：「我們什麼時候結婚？我的同學，朋友都等著喝我們的喜酒。」，男人摟著她說：「這麼急嗎？我想多存一點錢，結婚後讓你好過一點。」男人說話時，深情的看著女人。女人想：「啊！如果一輩子都被他這樣看著，就足夠了。」想著不知不覺就露出一個甜蜜的笑容來。男人問她笑什麼？她搖頭。男人接著說，「如果存夠了錢，沒有馬上結婚，我想到美國拿碩士，回來後可以到大專教書，掙得多一些，你看好不好？」女人一聽，臉上神色一變，立刻露出一臉不悅。她懊惱的說：「為什麼不要早一點告訴我？」男人小心翼翼的回答：「就是怕你不高興才不敢說。你說好，我才去念，你不答應，我想都不會想。我說過了，這輩子只有你，到哪裏都一樣。賺得多，只為給你過更好的日子。」

男人剛到美國的前幾年，一切似乎都沒有改變，他跟女人固定寫信報告彼此的近況。每回男人開口說他缺少什麼，女人就趕緊幫他寄過去，她能給的都給他，只差沒把自己寄過去而已。女人唯一的等待是男人早日回來，實現他的承諾，給她一個溫暖的家。沒想到男人對她的等待只有一個回答，他寄回戒指，並表明他不回來了。女人後來才知道他已另娶他人，雖然事後男人的父母親帶了厚禮來賠不是，但是又解決得了什麼？挽回得了什麼呢？

女人想起過去等信的煎熬跟喜悅，淚水便隨著斗大的汗珠一起滑落。所有的等待都會結束，但是這並不表示苦痛也會跟著消失啊！戒指她一直收藏著，想起時，便拿在手裏把玩著。她笑自己傻，果然就把男人信口說說的話當真，並拿來收藏。她在心底跟自己說：「別人可以薄倖，但是我不想。就讓男人負我吧！起碼我還可以過得怡然自得……」女人說得很平靜，雖然她知道這是她在這七月天裏，說給自己聽的言語。

執著

女人跟朋友說：「男人不壞，女人不愛，我覺得自己一定是被這句話給下了蠱，要不為什麼我過去會如此迷戀一個你們都說不值得的男人呢？如果不是男人就要娶別的女人了，逼得我不管願意與否都必須放棄。否則，我是不是還會繼續等下去？」女人笑自己，她說：「別人說執著是一件傻事，那又如何呢？如果沒有真正愛過，又怎能體會為什麼要執著？」朋友指著她的頭說：「說你執迷不悟你還要鐵齒，天下就是有你這種女人，怪不得男人要自由的使壞。你真是女人愛情生活裏的敗類。」女人被朋友這麼一說，急著辯解：「哪！每個人活著的目的都不同，我不像別的女人是生來被愛的，我就是生來愛男人的。那也錯了嗎？也許我只是愛錯對象，但那並不代表我的想法是錯誤的。人活著沒有愛情的滋潤，那麼人生豈不是很無趣。」女人說完這句話後，停了下來，靜等著朋友答辯，朋友悶不吭聲，似乎找不出女人的語病。女人笑了，她接著說：「看你不說話，就表示你贊成我的說法。」

這是女人跟朋友最後的對話，在她說完這些話之後，她便逃開了。為了逃離這個有男人氣息存在的城市，她選擇到南部一個陌生的小鎮，在那兒找到一份差事，開始她嶄新的生活。這個靠觀光客生活的小鎮，除了觀光季節會被突然湧進的觀光客打擾外，剩下的日子幾乎都很平靜。女人剛到這個小鎮居住時，她如行屍走肉般過日子。她想，自己是來尋求平靜的，除了每天該吃，該喝，該睡，該做的事外，她沒有多餘的精力去理會鎮上的閒雜人物。她只要躲開男人的味道，她只要不去想男人就要步入禮堂這件事，她就可以安心的過日子。她要的是跟過去一刀兩斷，不願再想起過去的點點滴滴。關於男人的記憶，她必須鎖在內心深處，不再想起。

男人跟女人是在工作上講電話時認識的。女人有一副甜甜的嗓子，男人一聽，就起了非得把她約出來的決心。男人不想採取主動，他等著女人自己上門。男人先對女人用了「甜言蜜語」的攻勢，果真，男人的三言兩語就像清酒一般，把女人的心思給灌得陶陶然了，女人平靜的心湖無端起了波浪，她的一顆心就此變得不安。每到下班時刻，她就苦苦等著男人的電話，電話若遲遲不響，她的心情便快樂不起來。終於，她等不及男人來約她，便主動打電話約男人。男人接到女人的電話，眉毛一揚，顯得得意的很。他不是浪蕩子，他就是對異性有本事。

男人是美男子，長得又高又帥。女人也算好看的了，但比起男人來，總是感覺差了一截。女人對男人是一見鍾情，第一次見面便愛上了，以後便經常主動向男人示好。男人對於女人的熱情並不排斥，女人送上衣服他穿，女人送上領帶他帶，女人請吃飯他去，女人要求發生性關係，他一口就答應下來。所有的朋友都說女人傻，她不必如此作賤自己。女人說：「愛一個人本來就應該要有所犧牲」

朋友反問她：「那為什麼不見男人犧牲呢？」女人笑著說：「我不想計較那麼多。就算我付出多一些，如果我可以得到快樂的話，那也是值得的。你叫我去接受一個我不愛的男人，就算他為我付出很多，我也不見得會快樂啊！」朋友說：「話是沒錯，我只是擔心你會受到傷害。」女人搖搖頭。她說：「很多事都是命中註定的，一個人一輩子能愛幾個人呢？如果我沒有愛過，我沒有堅持到最後，我又怎麼知道輸贏？就讓我愛這一次吧！如果我受傷了，那我也甘願。」

女人跟男人的確堅持到最後，也就是男人決定另娶他人的那一刻。男人倒也坦白，沒有刻意隱瞞她。當男人心中另有人選後，他曾經告訴女人，同時也希望她早日獲得自己的幸福，女人聽了之後，還故作大方的恭喜他。之後，他們便很少見面。女人曾經希冀男人會改變心意，把他一輩子的幸福託付給她，但是男人自此便沒有訊息。不過，女人還是沒有完全放棄等待，如果不是朋友告訴她，他的婚期都已經訂好了，她想她還是願意再等下去吧！

女人最後雖然跟朋友很大方的表示她沒有關係，她覺得這就是人生，有起有落，有輸有贏，最主要是她愛過了，她不必後悔，也沒有怨言。但是她很清楚，說的容易，真要忘記時，卻不是這麼簡單的事情。她的理智在說服她的情緒，讓她的回憶隨著逼近的婚禮消失，讓她的愛情隨著男人的負心而死去。但，事實是她的心還是沒有辦法釋懷，她沒有辦法看自己一天天的面對男人即將結婚的事實，她逃跑了，在經過一夜的掙扎後，她帶著僅存的一點積蓄，逃向一個陌生的國度，打算開始一個新的人生。

小鎮是平靜的，但也安撫不了她的內心。她告訴自己：「原來每一段新的開始都不容易，但是如果我現在不做，將來更翻不了身。已經付出的，我不打算收回，也不奢望得到自己想要的報酬。至於未來感情的路，我還是相信執著，一個人就只有一個人生，如果不曾愛過人，那豈不白白浪費了自己平庸的生活。

報復

女人說完她想說的話，扭頭就要離開。男人伸手拉住她，她甩開男人的手，只是淡淡的說：「我真的很抱歉，但是，事實是我真的不愛你啊！」女人說完就走，留下男人哭喪著臉站著那兒。男人問自己：「我做了什麼？」整個人看上去，宛如一隻喪家之犬。

女人回到家，把自己鎖在房間內，她以為她做了這件事之後，她累積三年的怨氣可以消失無影。但是為何她只是感覺內心一陣空虛，失落的很呢？女人往床上一躺，整個人癱在那兒。突然，她為自己興起一股無名的傷悲，如果她不是為著報復男人的表姐，她跟男人有沒有任何的機會呢？想著想著，淚水就順著顏面落下來。她悄聲的說：「我也不想這樣做，可我控制不了自己。只要一想起我的

幸福曾經被人掠奪，我的恨就像黃河的水，迤邐而下，望不到盡頭。」

三年前，女人透過朋友的介紹同時認識兩個男人。這兩個男人一個成熟，一個稚氣未脫。女人一眼就喜歡上成熟男人，但她卻悶在心裏不好意思開口，還是朋友看出她的心思，要求大家一起留下電話號碼，好保持聯絡。兩個男人都沒有意見，而且還挺高興的。朋友要男人不要只是敷衍，有了號碼就要真的聯絡，否則就表示誠意不夠，男人都很爽快的答應。

那是她跟兩個男人熟識的開始。成熟男人首先打電話約她，稚氣未脫的男人失去機會後，很識相的不再糾纏。女人跟成熟男人約會的次數，隨著天氣的溫度提升而逐漸增加。漸漸地，熟識他們的人似乎都曉得他們走得很接近。「郎有情，妹有意」的感情本來就建立得比較快。女人已在內心認定成熟男人是她的唯一，她雖沒有問過對方，但由彼此眼睛交會的神情裏，已不需要言語來肯定一切。女人是這樣認為的。

就在女人跟成熟男人來往近半年後，有一天，女人忽然因為「盲腸炎」而開刀住院。女人住院後，成熟男人僅到醫院看過她一回，而且一來就匆匆忙忙的離開。她沒有責怪他的意思。她想：「也許他不喜歡聞醫院裏的藥水味。」她幫他找了藉口，好降低自己的怨懟，以及減弱自己的難過。雖然自欺欺人的做法有點傻，但在這個世上又有誰不曾編過謊言，來幫助自己渡過煎熬的時光呢？不過，真正使女人納悶的是當她出院回到家後，便不曾再接過成熟男人的電話。她找過他，他的問候很客氣，口氣卻很平淡。她知道成熟男人一定有事瞞著她，但是她躺在病床上，不知道怎麼辦？想來想去，還是找朋友幫忙。

朋友來看她，送她一束很美的「百合花」。她沒有等朋友說完客套話，直接切入主題。朋友一臉尷尬的說：「成熟男人已經變了心意，他的女朋友是稚氣未脫男人的表姐，他們的認識是他牽的線……」朋友說完後，站在那兒，像做錯事的小孩，等女人問話。但女人一臉平靜，看不出她的反應。於是，她又半帶著解釋的接著說：「本來不想告訴你，因為你剛出院。真的沒想到現在的人，對於感情都是隨便談談，你不用難過……」朋友說了一堆又覺得自己盡是廢話連篇，那手堵住嘴巴不說了。朋友一走，女人憋了許久的眼淚才從眼眶裏滑出來，她沒有想到僅是短短的一個月，她的成熟男人已成為別人的男朋友。女人一想到這裏，她的恨意就隨著那還縫著線的傷口隱隱作痛，她想，原來古人說的「浮生若夢，變化莫測」，現在體會出來竟是這麼深刻，這麼痛。她看著朋友送來的「百合花」，苦笑著問：「你又能開多久呢？」

女人恢復後的第一件事就是打電話給稚氣未脫男人。男人沒有想到她會主動找他，自然欣喜的很。見了面，女人問男人：「做我的男朋友，好不好？」男人嚇一跳，他懷疑的問：「為什麼？我從來就不知道你喜歡我。」女人對他露出她最美的笑容，那笑靨宛如玫瑰，叫人無法拒絕。她只細聲的再問一次，答案很簡單，你只需說「要或不要。」男人沒有多考慮，一口氣就說「要」。

女人坐起身子來，擦掉臉上殘存的淚水。她問自己：「三年來你等的不就是這一天嗎?你應該覺得慶幸，你還有機會吐了胸中這口怨恨，否則你的下半輩子要如何熬過呢?」女人邊說，邊止住繼續泛出的淚水。「啊!每個人都應該嘗試一次受傷的滋味，才不會隨便輕易傷害人哪!」她說。

別情

女人守在電話旁，她耐著性子等了一個晚上，但是電話遲遲不肯響起，她等得很不安。她垂下頭，滿心的焦慮使她不知所措，壓不住的情緒終於逼得淚水滑出眼眶，她開始小聲的哭泣。她哽咽的跟自己說：「他不會打來了，這一次他真的不理我了，他不原諒我了，是我把他逼出我的生活，是我把他趕出我的生命……」女人說完後，用力吸了一口氣，然後整個身子一垮，人便倒在沙發上。她的身子不停的抖動著，她的淚水不停的湧出，止不住的啜泣聲，帶著沈重的氣息，染了一屋子的哀傷，連屋外晴朗的天氣都刹時變得陰鬱。

女人等待的是男人的電話。男人是她交往多年的對象，對待她好得簡直讓女人的家人沒得挑。除了在事業上對女人很提攜，在生活上，他把女人也照顧得無微不至。連帶的，對女人的家庭，他也持對待自己家人的心態來盡他的責任，雖然他這個女婿還未有正式的名份。他們原來就決定好明年進禮堂，女人料定一切都不會生變，她的男人待她好得沒話說，如果說會變的話，變的也是她，不會是老實的他。就是因為她這麼篤定，所以她對男人的態度和要求，漸漸變得沒有分寸，反正男人早晚是她的人，她又何必那麼小心翼翼呢？那樣過日子太辛苦了。

但是事情還是變了，變得令女人措手不及，變得令她把自己恨到極點。不過，恨自己又有何用呢？她再怎麼怪自己，也挽回不了他的愛情。男人跟女人攤牌是在那晚他們吵架之後，吵架的理由很簡單，就是因為女人不喜歡男人帶她去的那家餐廳吃飯。整個晚上她坐在那兒，都擺著一副晚娘臉孔，男人好意的問她那裏不高興，她又不肯說出原因，逕是給他臉色看。送女人回到家，男人就要走，女人不肯讓他走。男人不耐，要女人有話直接說出來，這樣搞得大家都很累。女人一聽，脾氣馬上由肚裏火速燒到嘴裏，她用尖酸的語調說：「嫌我了嗎？如果不是你帶我到那個爛餐廳吃飯，我會這麼不識相的纏著你，不讓你走……」女人越說音調越高，男人的臉也越來越不耐煩。如果當時女人脾氣發完，讓男人走了也就算了，但是她不要，她自己脾氣一來，還硬要把男人的也挑起來。於是兩個人你一句，我一句，事情一鬧起來，沒完沒了。最後女人大聲跟男人說：「你還要我怎麼樣？我就要嫁給你一個跛腳的，我有過怨言嗎？」女人說完後，氣氛頓時一變，吵架的聲音同時消失，取而代之的是一陣沈默。男人跟女人都僵在那兒，男人沒有接話，女人知道自己話說錯了，卻也不願先開口。

男人停頓了一會兒，突然用很平靜的聲音跟女人說：「我無法再忍受你的脾氣跟個性了，我想就是我們結了婚，早晚也要離婚。前一陣子，我便一直在考慮我們的婚事到底應不應該進行下去，這次吵架剛好給我一個機會講清楚，想想還是分開的好。也許我們不適合在一起，若是為了一、二個優點而去包容我們之間的全部問題，對你，對我都是委屈。」男人說完話，等在那兒，看女人的反應。

女人一聽到男人的說法，先是楞在那兒，她壓根兒沒有想過男人會這樣待她，她杵在原地像根木頭，她不知道自己應該說什麼。當她還沒有想出話來回答男人時，男人已經不耐等她的回答，他推開門，走了出去。女人這時候彷彿才清醒過來，她在男人關上門的前一刻，怒吼著說：「你以為我稀罕……」

男人走後，女人坐在沙發上大哭，她不是故意要說那些話傷人的，她的確愛男人，雖然她心底是在意男人天生的缺陷，但是那也沒有減少她對他的愛啊！男人待他的好她是明白的。哭過後，她又拿話安慰自己：「沒有關係的，他那麼愛我，他一定會原諒我的，我知道……」嗚……女人又兀自哭了出來。

女人一直等著男人的電話，一天過去了，男人沒有理她，兩天過去了，還是沒有消息。女人害怕了，顧不得委屈，她找到男人，先不管道歉，直接跟男人訴苦，說她這兩天的日子有多難受。男人靜靜的聽她說，待她說完後才接口：「我不是不明白你的感受，對我來說，也一樣不好過。」男人講到這裏，稍微停一下，先穩定自己的情緒才繼續說：「我一直都知道你很在意我的缺陷，我以為如果我對你非常好，非常好的話，也許你可以忘記我是個天生有缺陷的人。但是我們兩個人都對彼此估算錯誤了。」女人耳裏聽著男人的話，頭卻拼命的搖。她哭著說：「不是這樣的，我從來都不在意你的缺陷。那天是因為脾氣一來，否則我怎麼會故意說話傷害你呢？」男人沒有聽進女人的解釋，他是吃了秤砣鐵了心，這種事有一就有二，永遠沒完啊！女人帶著淚水，失望的離去。她回頭看著男人立在那兒目送她，心底就有一股說不出來的酸。但是她不想放棄啊！她的內心仍保留著一絲希望，憑藉著男人過去對她的愛，她知道她可以把他的愛情贏回來。

暗戀

想你的身影，想你的聲音，

想你的笑容……

一千個想念都只能是～想念。

相思

女人看著男人手上戴著的戒指，知道他已經屬於別人，心裏不該想他。她跟自己說：「不該想他，這樣想他沒有道理。」但是一閉上眼，還是他的影子。

同事走過來，看著正在發楞的她，故意在她耳邊玩笑的說：「在想誰啊？」女人被同事的聲音嚇了一跳，她小聲的叫了出來：「你要死了，幹嘛這樣嚇人。」現在才下午三點鐘，你就不工作，失魂落魄的坐在你的位子上，你如果不是思春，那麼就是在想升官囉！但是以你的個性來看，你又不是那種有事業野心的人；不是想發財，唯一的可能就是想情人了。你說我說得對不對？」同事像放連環炮一樣的對著女人說了一串。女人白了她一眼，笑笑的說：「對或者不對，又怎麼樣呢？反正我也不會告訴你實話。」說完後，她笑著看同事的反應，同事僅是聳聳肩。女人又繼續說：「你一定不是來跟我聊這些廢話的，找我有什麼事？趕快說啊！」同事像突然想起來，她說：「老闆在問案子進行的怎麼樣了？」女人抱怨的回答：「這些人永遠只知道催我們趕案子，難道我們沒有在努力進行嗎？」同事無可奈何的回答：「做老闆的總是這樣嘛！」

下班時，大家約了去吃飯。女人知道男人也會一起去，便臨時改變心裏的想法。她跟同事說：「把我算進去，我也要去。」同事看她一臉狐疑的問：「咦！你也要去，我有沒有聽錯？」女人說：「你怎麼那麼囉嗦，不是跟你說要去的嘛。」女人說話的口吻，有一點心虛，而且說話時兩頰忽然出現一片緋紅。同事看她有點反常，便關心的問：「你不要緊吧！」女人被同事問得莫名其妙，她說：「為什麼這樣問？」同事說：「你的臉怎麼像發燒一樣，很紅耶！」女人不好意思的說：「沒有事啊！」同事突然一本正經的說：「其實你如果不想去的話，也沒有關係。你不用因為別人說你不合群，你就勉強自己去。」女人想去的原因其實很簡單，她就想多接近男人，多聽他講話而已，卻引來同事無謂的猜測，令她有些尷尬。她搖搖頭果斷的說：「沒事。」

女人跟同事一行大約七，八個人一齊走進一家美式餐廳，服務生把他們帶到一張大圓桌上便走開。等大家坐定後，大家邊看MENU邊閒聊，不知怎的大家聊著聊著就聊到女人身上來了。其中一個同事問：「嘿！你今晚怎麼會有空來？」「是啊！你以前不是都不參加這種聚餐的嗎？」這下子大家都不去點菜，把注意力全集中到女人身上，七嘴八舌的談論起來了。女人被大家這麼追問，全身忽然開始發熱，她的眼神不敢直接回答同事，便不自在的到處遊移，結果卻不小心的跟男人的眼神在空中交會。男人很客氣的對她笑笑，女人也禮貌的回應他的笑容。兩人的眼神都很和善，但是沒有一點火花，女人覺得非常氣餒。女人低下頭假裝看MENU，大家還是不饒她，拚命的問她參加的原因。最後，還是男人體貼幫她說話：「不過就是吃個便飯，參加不參加有什麼差別？」男人說完，女人立刻遞給他一個感激的眼神。就在這時，有個女同事開口了：「你看，你們這些男人就是沒有人家體貼，所以人家有美麗聰明的女朋友，哪像你們這些人還在那裏鬼混，約不到女人。」女同事指的「人家」就是女人所愛慕的男人。在座的男人聽了女同事的話，全都大聲抗議，這些無聊的抗議意思意思的做過之後，在座的男同事最在意的還是男人怎麼有辦法交到那麼美的女友，於是注意力這下子全移開了，從女人身上迅速轉到男人身上。

女人原來就不想成為大家的焦點，現在話題被扯開了，她更高興。何況男人跟他女朋友的戀愛故事，她「非常」有興趣聽。男人在大家的追問下，雖然顯得窮於應付，但仍笑嘻嘻的說：「其實也沒什麼，大部份的女人都喜歡聽好話，都喜歡體貼溫柔，喜歡男人包容，你們就照著這些方法做就好了。不過，最重要的是女人若追到手之後，不要以為你們就可以安啦，好話也不說了，溫柔體貼也不見了，照樣大剌剌的過你們的自在生活。那麼我可以保證不出三個月，你們的女人就會被另一個體貼的男人給追走。你們要知道，如果你們真的愛一個女人，那是一輩子的事，所以體貼溫柔也是一輩子的工作。」男人一說完，所有的女同事馬上鼓手叫好，唯有女人坐在那裏乾笑。其中有個女同事問：「那麼你們在一起多久了？」「差不多快四年了」男人輕鬆的回答。「你們是不是很快就會結婚了，我看你手上戴著戒指。」另外一個女同事問。男人笑了，而且笑得很甜蜜，很開心。他回說：「我當然希望結婚了，但是未來的事我不敢太肯定的說，以免有變卦時，徒增自己的困擾。」男人頓了一下，摸摸手上的戒指才繼續說：「戒指是我女朋友去年情人節時，一時高興買來戴的。她說戴，我就戴。」「哇！」大家都歡呼的叫了出來。

男人說完後，女人突然感到一陣心悸，她的胃口突然倒盡，她不知道自己是出於感動還是嫉妒，她只曉得自己必須離開。女人站起來跟大家說：「我好像不太舒服，真是對不起，我想先走。」這時有人開口說女人就是不習慣參加聚會的，也有人說也許吃過飯就好了，只有男人對她說：「要不要我送你回去？」女人一聽到他這麼說，就半真半假的回答：「你如果沒有女朋友，我就讓你送。可惜……」大家聽到女人這樣堵男人的話，全都笑了出來，女人趁機拿了皮包就走出去。

回到家，女人一個人孤單的坐在沙發上。回想起剛剛的一幕，她說：「你不知道嗎？如果你不能愛我，就不要對我太好，這樣只會增加我的痛苦。每天見到你，卻不能愛你，對我來說已經是一件很不容易的事了……」女人想到明天仍舊要面對同樣的煩惱，淚水便忍不住的流下來。她喃喃地說：「我多想被你瘋狂的擁在懷裏愛著。我知道我不該做這樣的想像，但是啊！如果有一天，當你自由時，可不可以抱緊我，不要放手……」女人的眼眶是「相思海」，而泛下的每一滴淚水都是愛。

狂戀

突然間，所有的狂戀都散去，女人不相信自己對男人不再有任何留戀。曾經，她為他淚灑衣襟，為他牽腸掛肚，在她心裏，他就是一切，他就是女人生活的唯一中心，她願意為他放棄自己，把她的一輩子全數交給他。但是，他多麼不把她放在眼裏，她卻為他傻傻的做了許多蠢事。可喜的是她沒有完全放棄自己，當她決定找回自己時，她關上心房，假裝這一切都是自己做過的一場夢。夢醒了，心冷了，她還是能保有自己。

女人原來是個開朗的人，同事都很喜歡她，也常跟她開些無傷大雅的玩笑。女人從來就不介意，甚至當同事送給她一個很普通，但一般女人都不會太喜歡的外號「傻大姐」時，女人還欣然接受。這就是大家喜歡她的原因，她可以以很放得開的心態來看待生活的一切，好的，不好的，都能坦然接受。她常跟同事說：「每過一次生日，我就越發覺得人生苦短。我不是什麼哲學家，所以對於活著的意義，我說不上來什麼大道理。但是我了解自己，我知道要快樂的過日子，就必須學會看開一切。好或不好又如何呢？只要我自己高興就好。」同事笑她：「你看你，就是這麼粗線條，怪不得到現在你都還沒有交過一位比較親密的男朋友。」女人笑了：「愛情是你們這些喜歡搞風花雪月的女人在談的，我喜歡自在的過每一天，所以我不想為愛情受累。」同事說：「你肯定沒有遇過你的心上人，所以才會這樣瞎扯。等有一天你真正愛上一個你想愛的男人時，這些大話你就說不出口了。」女人笑著搖搖頭，不表任何意見。在她心裏，她堅持的認為她最懂自己。

女人的年紀其實已經吊在青春的尾巴上，很多人都替她著急，就她一個人「老神在在」，對於感情的事一點也不在意。她以為她可以躲得過感情的災難，誰知她原來也跟普通女人一樣，一看上自己喜歡的男人，就不由自主的失了魂魄。

男人是同事的朋友，所以是透過同事才認識的。事情開始是因為同事生日時，喜愛熱鬧的同學特別辦了一個「生日PARTY」。來參加的人如果不是朋友，就是工作上的伙伴，所以女人自然在受邀之列。男人跟同事是多麼熟的朋友，女人並不清楚，但是男人在這群男男女女的聚會裏，顯然很吃得開。原因無他，只因男人生就一張娃娃臉，笑起來時還夾帶著一股天真，特別燦爛迷人。女人是拜倒在他的笑容裏的，自從那天見了面，她的靈魂就像被男人勾走，從此失了神。同事不是刻意介紹女人跟男人認識，只是在這種場合裏大家習慣互相交換名片，禮貌上的應酬而已。男人收了女人名片敷衍的說：「以後可以常聯絡。」女人不知道自己當時在想什麼？也許是因為對男人的第一印象太深刻，她竟把男人的話拿來貼在胸口，信以為真的思念著。

女人等了一段時間等不到男人電話，她便決定主動打過去。當她第一次打電話到男人公司，竟為了男人記不起「她是誰」而哭了一整夜。她罵自己是傻瓜，幹嘛沒事去討這種罪受，她決心忘了男人。但是當她隔天到公司看到同事時，不知為什麼又讓她聯想到那次的生日PARTY，男人的臉不自覺得就浮上腦海。女人一整天都顯得悶悶不樂，同事以為她生病了，還很關心的問候她。女人意興闌珊的回答：「哦！我沒事，我只是心情有點低落。」「哦！為什麼？」同事關心的問。女人搖頭，不願多說。就是從這一天起，女人的性情開始微微的有了變化，她的微笑不再掛在嘴角，她的風趣也不再散播在辦公室裏，同事怎麼逗她，她都不再像從前那般快樂。

女人對男人的痴迷只有她自己清楚，她在情人節時偷偷的送花，但沒有留下姓名；她在聖誕節時偷偷的送上禮物，一樣沒有說明她是誰。男人對這種特殊禮遇沒有特別驚喜或喜悅，反而顯得有些擔憂害怕。女人並不知道男人的感覺，她

只是覺得自己做了這種莫名的舉動後，心情會變得輕鬆甜蜜。如果不是在次年同事的「生日PARTY」時發現男人「不甚感激」的心情，女人想，她也許還會繼續做一名傻瓜吧！

在同事的「生日PARTY」上，來的人大概都跟去年沒有兩樣。女人是懷著忐忑不安的心來的。當女人走進來時，男人還熱情的跟她打招呼。只是令女人意想不到的是男人一回頭，就跟別人大聲的談論他不停的收到神秘的禮物，他有些害怕，可能是以前的女朋友故意整他。其他的人聽了都大笑出來，他們認為男人太多慮，搞不好是那個女人偷偷暗戀他，他應該覺得「很得意」才是。男人冷笑的說：「是啊！我還夢見這個女的長得跟那些拍寫真集的女明星一樣美麗，而且都有……」男人說到這裏停下來，只見他用兩隻手在胸前比畫，誇張的動作引得每個人都噴笑出來，接下來每個人都故意用超級誇張的動作和語言來醜化那個神秘的暗戀者。女人站在那兒，看到這種場面，突然覺得自己很可笑。她想：「如果這些人知道神秘的暗戀者就是我，他們會怎麼樣？」

女人走過去，用力擠進人群裏。她看著男人，一字一字的慢慢說出：「真的要讓你們失望了，因為那個送花又送禮物的人沒有拍寫真集的女星漂亮，也沒有迷惑人的身材，她有的就是欣賞男人的一顆心，而那個人就是我跟我的一顆心。」女人說完很鎮定的走了出去，只留下一屋子的驚嘆。

女人擦掉了最後一滴淚水，黯然的跟自己說：「我早說過了，戀愛的生活真不適合我。啊！我就只有一顆心，給了別人，我會忘記自己，看不見自己的心，日子怎麼過得下去。」

裸露的坦白

女人拿起話筒播了號碼，播了一半，又放了下去。她嘆了一口氣，輕聲的說：「這麼難，只是打個電話約他出來看電影，竟是這麼困難？」女人問自己：「如果真的打電話給他，又要說什麼呢？跟他說：『我很想佔有你，很想把我的愛給你，我有滿腹的愛戀，都是因為你……』」「那有女人這麼不知羞怯，這樣跟男人直接表白的，還不把人家嚇壞。何況我又不知道到底男人對自己有沒有意思呢？」女人有點赧然的跟自己說。

女人是美麗的，但不是很嬌貴。「為什麼大家都說美麗的女人很難接近，這樣說一點都不公平，我覺得我就不會啊！」有一回女人在辦公室裏跟同事聊天時這麼說。同事糗她：「那麼你自認為美女囉！」女人笑著回答：「不是我自認為，是你們經常這麼說。」同事回答：「是啊！我們是這麼說，但你也用不著這樣捧自己。」女人強辯：「哦！你弄混了我們現在討論的話題了，我們是在討論美麗的女人是不是很難接近，而不是我在捧自己。」「你哦！怪不得辦公室的男人都怕了你。」同事無可奈何的說。女人卻是哈哈的笑了出來。

女人跟男人是在一個月前的同學會聚餐認識的。男人是跟著同學一塊來的，所以是同學的同事。當同學見到女人時，他拉著男人跑過去坐在她身旁，興奮的打招呼：「唉呀！你來了。去年的聚餐你沒有來，對不對？」「你有什麼企圖，趕快言明，否則你不會莫名其妙的這麼關心我。」女人直言不諱的說。坐在一旁的男人，聽到女人的話忍不住的笑了出來，女人這才注意到這個陌生男人。她問同學：「這個人是誰？你為什麼帶一個陌生人來參加我們的聚會，他是不是來找女朋友的？嗯，我看跟你一樣。」男人還是笑，但是笑得有些尷尬。同學則高興的說：「你也注意到我在找女朋友了，那你有沒有考慮我呢？」女人故意裝出一副不屑的樣子，她說：「從在學校你就糾纏不清，到現在還不放過我。」同學曉得女人的性情，知道她的挖苦沒有惡意，所以仍然笑咪咪的回答：「我怎麼能忘記你，在班上你就是最漂亮的一個，離開學校以後，你又變得越來越美麗，叫我怎麼能不心動。」女人噗嗤的笑出來，她說：「沒想到你還是那麼噁心。」同學說：「我沒有說謊，不信你問我同事。」接著轉頭問男人：「你說她是不是最美的一個？」男人點頭默認。女人叫了出來：「你們是一夥的，講話當然同一個鼻孔出氣。」男人這時突然出聲的說：「哦！我沒有說謊，你的確很漂亮，而且說話跟刀鋒一樣利。」女人雙眉一挑，仔細的看著男人，就是這一看她才發現男人有種氣質，帶著強烈自信的氣質，使他看起來不是那麼討人厭。

女人跟同學，還有男人一同走進這家咖啡館。女人一坐下來就開始說：「我不曉得自己怎麼會從聚餐裏溜掉，跟你們兩個大男人跑來這裏喝咖啡。」他們兩個大男人彼此對看一眼，異口同聲的說：「因為你無法抗拒我們兩位帥哥的邀請。」女人故意降低了語氣說：「是啊！是啊！」當他們點好之後，男人立時掏出皮夾說：「這次我請。」女人跟同學四隻眼睛同時看著他，男人笑得很開心的說：「有美女在場，我當然要表現一下囉！」同學對女人說：「既然他堅持要請，我們就不要狠心拒絕他好了。」女人表示無所謂。

女人端起咖啡輕輕的啜了一口，三個人坐在那兒，都不知道要從那裏開始聊起。最後，還是女人先說了：「你們把我帶到這裏來，不是要保持沈默的吧！如果大家無話可說，那麼我要走了。」同學趕緊接話：「那麼我們從工作開始說好了。」說完就把箭頭指向男人，男人沒有反對，即開始談他工作上的趣事。男人在公司是負責企劃工作，主要是針對新開發的案子。他說他很喜歡他的工作，覺得很刺激，很新鮮，尤其很多新的企劃案都是他自己主動開發，所以接觸過各行各業的人。有一回為了做一項產品市調，他還跑到風月場所認識了好多美眉。同學聽到此異常羨慕，女人則不知為什麼，心裏突然湧起一股酸酸的感覺。男人一邊說，一邊問女人跟同學對工作，對未來的看法，大家互相交換不同的意見，一下子就聊開來，而且不知不覺便聊了幾個小時。男人越說越多，女人對他的看法便越來越不同。及至天色已黑，霓虹燈已升起，女人才依依不捨的告辭。臨走前，男人跟同學都允諾打電話給她，女人心裏自然很得意。

從那天起，女人就開始等男人電話。同學的電話已經接得不稀奇了，只有男人的電話，卻遲遲不打來。女人覺得男人不找她，對她來說等於就是放她鴿子，這是個侮辱，她還沒有被人這樣對待過。她不明白為什麼男人越是不找她，她想他就越厲害。女人譏笑自己說：「你中了心魔了嗎？還是沒有想過男人，幹嘛對一個不在意你的男人這樣想念。你又不是沒有人追……」剛剛譏笑完，便忍不住拿起沙發上的抱枕捂住頭，細聲的說：「唉呀！人家就是想他嘛，怎麼辦？再打電話給他嗎？」女人重新拿起話筒，撥了號碼。電話接通，有人在話筒的另一端說：「喂！」女人一嚇，馬上掛了電話。放下話筒，女人大笑著說：「就是找他看電影而已，這麼困難？」

迷戀之後

男人走進辦公室，說明他的來意。總機妹妹請他坐在一旁的沙發上，不知道該怎麼辦？因為男人說他要見總經理，但是又沒有約時間，總機妹妹不明究理，她想把男人請出去，下次約了時間再來。但是她又怕，萬一他是公司貴客的話怎麼辦？何況，公司又明言規定，不許不明來意的陌生訪客到公司做銷售，或其他不明狀況的拜訪。一來是避免公司人員被打擾，當然最主要的是維護公司的安全。不過當男人一腳踩進公司時，總機妹妹卻沒有馬上將他趕出門的原因——當然是男人一身西裝筆挺的走進來，在外貌上就給人非常好的第一印象。外加他總是笑盈盈的問總機妹妹問題，所以總機妹妹很願意幫他忙。只不過是小女孩做不了主，所以她只好請女人來幫這個忙。

女人的頭銜是總經理特別助理。雖然在實質上她管不了辦公室裏的任何人，但是大家還是滿怕她的，萬一她大小姐不高興，隨便在總經理耳邊抱怨個兩句，誰敢保證自己不會馬上進總經理室開個小會，順便談兩句。所以女人在辦公室裏的權利雖然是檯面下的，但大家還是都得巴著點。女人自己當然很清楚自己的特殊權利。幸好，她雖然沒有特別聰明，但腦筋還算清楚，她不會濫用她的權利來欺負辦公室裏的弱勢團體，所以她的人緣還算好的。

女人今天身穿一套迷你裙套裝，臉上畫的是今年春天流行的彩裝，緩緩的從位子上走過來。女人看到總機妹妹先熱情的打招呼，又讚美她今天怎麼穿得那麼美，等這些無謂的廢話都說完了之後，才問她什麼事？女人說話時，總機妹妹一直站在一旁洗耳恭聽，儘管女人是說些誇獎她的話，但是她也不敢亂接話，怕萬一說些不得體的內容，反而無端的得罪女人，何況還有客人在一旁等候著。待女人話一收口，她趕緊說：「有人要找總經理，但是沒有約時間。」說完順便把手一抬，指向男人坐的方向。女人順著她指的方向看過去，才發現有個很迷人的男人坐在那兒，兩眼直盯著她看。女人走過去，很和善的打招呼。

女人問男人：「你是……」。男人開始對她自我介紹。

男人說：「我是透過貴公司總經理的朋友介紹，來向他解釋本公司最近研發的一項產品。上個星期我跟貴總經理通過電話，原來打算約時間碰面，但是他太紅了，沒有時間見我……」女人聽到這裏笑了出來，笑聲吟吟宛如一個快樂少女，雖然她的年齡離少女已經有些遙遠。男人也回她一笑，才繼續說：「Anyway，我跟貴總經理說如果他沒有時間，那麼我今天會到附近來開會，到時候再順道過來拜訪。他回說沒有問題，所以我現在才會站在這裏。」女人等男人說完，用帶著一點嬌柔的語氣說：「唉呀！他真的很紅，到現在還沒進公司呢！」男人站在那兒，有些為難，他不曉得自己應該離去好，還是留下來繼續等。女人似乎看出他的難題，於是開口道：「這樣好了，你如果有帶企劃案或是產品介紹來，那麼你先交給我，我幫你轉給他。」男人想了一下，便從他的公事包裏掏出企劃案交給女人。女人看出男人的失望，於是玩笑的說：「我也很想請你進來辦公室裏坐，泡杯咖啡給你解渴。但是你的企劃案我又不能跟你先討論，如果你一個人坐在那裏等，我也不能陪你聊天，想來想去只好請你出門。」女人說完還故意露出一個很同情的表情，男人果然笑了出來，他說：「你人真好，一定有很多男人追？」女人說：「沒有啊！你要不要來追我？」男人聽女人這麼一說，笑得很開心，但是卻沒有表示什麼。自此後，男人跟女人就常保持聯絡，時間一久，兩個人竟然也建立起似好朋友一樣的友情。

男人跟女人從來就不表示什麼，但是對她大致說來還不錯。女人對男人倒是深情款款，但卻不敢直接說明白。女人經常苦等男人電話，等不到時，她就說要忘了他。不過，男人一通電話一來，女人的喜悅會蓋過所有等待的苦痛，她會立刻又墜入跟他發生愛戀的幻想裏。女人有時懷疑男人只是利用她來做生意，但是久而久之，她便發現這種懷疑無濟於事，反而會破壞她對男人的美好感覺，因此她主動放棄這種沒有意義的胡思亂想。

那天，男人約女人吃飯。兩個人坐在餐館裏，女人突然有些不安。她想男人從來不約她，今天的請客如果不是好事就是壞事，她失去平常的風趣，坐在那兒不停的胡思亂想。反而是男人神采奕奕，坐在女人對面，不停的說話。女人看著她，心想：「這個男人有種魅力，當他說話時，他的自信像一股熱力，會燃燒著人家的心。我這樣的迷戀他，難道他看不出來嗎？」男人看著女人眉頭深鎖，似乎不是很開心，便問她：「你是不是不舒服？」女人搖頭，心裏卻說：「你這隻呆頭鵝，你看不出我的心正在為你鬧相思嗎？難道你要逼我直接說出嗎？」女人坐在那裏掙扎，到底要不要跨出下一步；如果真的踏出去，才發現是錯誤的一步，那又該如何？啊！時間一分一秒的流逝，女人的愛卻只能藏在心上，迷戀越深，她的思緒越慌亂，迷戀之後呢，又能怎樣？她問。

男人問女人：「要不要再點一杯咖啡？」女人心不在焉的答：「那迷戀之後呢？」男人一聽，一頭霧水的問：「嗯，什麼？」女人回過神來，她看著男人的表情，叫了出來：「啊！沒有」低下頭來，臉燒得像兩團火焰。

隨手心情

一抹哀愁是為誰

整個下午，女人不停的播放女歌手的歌：「你無情的撥弄，我就要心碎……」她反覆的聽來聽去，不明白狀況的人還以為她是在試音響的品質，或是試CD的錄音；那曉得女人對這兩件事一點也不關心，她是在挖掘自己的心靈，看能不能從歌聲裏找到共鳴。她聽著不斷傳進耳裏的樂音，腦海裏偏然的勾起許多心事，她想起男人的臉，男人的談笑風生，男人的翩翩神采，想起朋友的風涼言語；哦！也許不是風涼言語，因為朋友的確都關心她。但是他們要女人承認一項殘酷的事實——男人是不愛她的。怎麼會呢？男人對她很溫柔啊！女人在心底不停的跟自己說。

女人打開衣櫃，看著衣櫥裏一件件美麗時髦的衣服，突然哀嘆起來，如果男

人不愛她，她有這麼多美麗時髦的衣服，又有什麼用？女人耳裏聽著歌聲，眼裏看著華服，思緒不知不覺的飛走了。隨著歌手美妙的歌聲，她彷彿墜入三〇年代的舊上海，想像自己走在最繁華的上海街頭，身著一襲改良的中國旗袍，扭腰擺臀的走過一個一個男人身旁，路過的每個男人都無法抗拒她的風情，風度翩翩的頻頻對她點頭示好。女人眼波流轉間，不經意的流露出她的柔媚，男人被她一看，就彷彿飲了酒一般，飄飄然的陶醉起來。

突然，女人見到她心裏頭念念不忘的身影。她愛戀的男人手勾著一位美麗女人的腰，嘻笑的走過她的眼前。男人眼裏只有那美麗女人的身影，他緊緊的看著她，彷彿很怕她從他的眼底消失。女人聽到男人問那美麗女人：「吃過晚飯後，上我那兒來，我要給你我的世界，給你我的柔情，只要你開口，屬於我的就會全部變成你的……」美麗的女人聽到男人這麼說，嘰嘰嘎嘎的笑得很開心。女人立在一旁，看著他們兩人甜蜜的模樣，心底又懊惱又痛苦。她記得當男人和美麗的女人路過她身旁時，女人的兩隻眼緊緊的看著男人，但是男人卻連看她一眼也不願。女人看到美麗的女人故意拉起男人的手，放進嘴裏輕輕咬著，一雙眼輕薄的看著她，然後對她露出一臉得意的笑。女人兩眼直直的望著他們離去，直到看不見他們的人影時，女人依然還可以聽見美麗女人輕薄的笑聲響在耳裏。女人扭過頭，兩手掩面當街哭了出來。她是哭得那麼傷心，哭到她忘了自己的美麗，哭到她忘了自己的柔媚風情，哭到淚水濕了衣襟，哭到夜上海的繁華，仍無法平息她滿腹的悲傷。她問自己：「他為什麼不能愛我？我要的並不多啊！」

女人兩手掩面不停的啜泣，因為過度傷心以至兩肩止不住的抖動。她嘴裏喃喃的囈語著：「為什麼？為什麼？」在苦痛的掙扎中，女人緩緩的睜開兩眼。一看到房間的天花板，才曉得自己原來只是做了一場夢。女人坐起來，發現手裏還拿著一套洋裝，她楞楞的坐在床上，不明白自己怎麼會無端的做這場夢。她只記得自己之前還對著鏡子一件一件的比試這些美麗的衣裳，誰知不曉得什麼時候往床上一躺，竟做起被男人冷淡對待的惡夢來，是她太愛男人了嗎？還是男人原來就不可能存在她的生命裏。如果是這樣的話，那麼在「夢裏」或「現實裏」的她，又有什麼差別呢？反正男人都不會屬於她。這會兒女人倒真的希望自己有勇氣可以當街大哭一場，哭過之後，就把一切拋到腦後。

女人下床，走過去停在音響前，輕輕的按下「PLAY」；女歌手的歌聲馬上流瀉出來，充滿整個屋裏。女人再走回床頭邊，把散滿整張床的衣服一件一件的整理好，然後掛回衣櫃裏。女人想起自己的夢，感嘆的說：「人生本來就是一場夢，不是嗎？」朋友都說她在做夢，有哪一個人沒有做過夢呢？只不過她的夢比較殘酷可憐，因為她的愛情她愛的男人完全看不見。但是她願意繼續夢下去，偏偏大家又逼她清醒。朋友說她已經完全迷失，看不見自己的心靈，女人卻執意認為有夢還是甜蜜的，只是夢醒之後的寂寞只有她自己懂。

女人收拾好衣服，對著鏡子擦拭依然留在眼底的淚水。淚水擦乾後，女人看著鏡子裏的自己，卻只看見滿腔的孤單盡寫在眼底。

隨手心情

嫉妒

不管多少男人對女人獻殷勤，她的眼裏永遠只有男人。

女人對男人的感覺是專一的，在她的內心深處也渴望男人回報給她同等的感情。但是，男人的一雙眼睛總不愛安份，喜歡四處欣賞美麗的女子。女人每次望見他的眼神到處流轉，緊緊跟隨在所有美麗的女子身上，她的妒火就像一把烈火在體內熊熊的燃燒，燒得她滿眼的淚水，燒得她混身都痛。但是，男人就是沒有發現她對他的感覺，就是不了解她的內心世界。她曾經失望的對自己說：「我的妒火將無法熄滅，除非男人能一把將她擁入懷裏，並對天起誓，他的內心只有她，他的這輩子只屬於女人，他的視線也將永遠只為她停留。」但是女人非常清楚，男人不會為她這麼奉獻的。她深深了解，這些渴望只是自己不切實際的奢侈幻想。

「女人長得不好看嗎?」如果問女人比較接近的朋友,他們一定都會異口同聲的說:「不會。」女人正值花樣年華,細緻的五官,配上一頭烏黑的秀髮,使她看起來還帶有一點日本過去當紅的歌手「中森明菜」的氣質。當然,「中森明菜」時運不濟,屬於她的年代已經過去了,現在的年輕人還有幾個記得她?但她細緻的五官對很多男人來說,還是美麗性感的。所以,女人的五官自然有一股吸引異性的特質,從小到大她的異性緣一直都還不錯。也許就是因為這個原因,使她對蜂擁而至的男性朋友表現都不甚在意,而真正使她動心的就是她從小到大的玩伴,比她長三歲的男人。

女人跟男人是青梅竹馬,從幼稚園就玩在一塊兒,由於女人年齡較小,所以感覺上好像她老是趕在男人後面追求他經歷過的生活。男人上那個學校,她就吵著媽媽讓她去,男人參加那個活動,她也非參加不可。女人來自單親家庭,爸爸在她小時候就因意外而身亡,她也是家裏唯一的小孩,媽媽對她的溺愛可想而知。她對跟父親相處的印象很模糊，唯一記得的是他的長相，但那也是來自媽媽深藏的照片裏。男人對女人的家庭狀況當然很熟悉，所以自小時候起，他待女人就像待自己妹妹般的疼愛她。在學校若有人欺負她，男人總是挺身而出保護她；若有人緊緊追她，男人就會成為她臨時的男朋友，幫她擋掉所有的狂蜂浪蝶。女人一直跟在男人後面，就連他上那所大學，她也不願錯過，所以女人的朋友，男人沒有一個不認識的。但是，男人的朋友，尤其是女性朋友，女人則沒有興趣認識。

女人從小就知道自己對男人的感情，她沒有父親，沒有兄長，她不是很清楚好男人應該如何比照。但是男人待她的模式，讓她很早就失去比較的心情，她深深認為男人就是她心目中的理想伴侶，所以她也不需要再多花時間去找她的愛情童話，有了男人就等於擁有了世界。她一直是這樣認為的，如果不是男人開始追求女朋友，並帶著他們來會見女人，女人不會明白自己的妒意有多深。男人不似女人心細，看不出來女人的感情，反倒是他的女伴一眼便看穿女人掩藏在笑容底下的妒火，她告訴男人，男人不信，反而哈哈大笑的說：「女人只是個小妹妹，他們兩人絕對不會擦出愛情的火焰。」他的女伴笑他痴人說夢話，等哪天鬧出事情，才後悔莫及。是女伴的提醒，使他刻意保持距離的，但是也正因為如此，才傷透女人的心。女人知道男人不會愛她，所以她撕碎了自己的心跟男人做不實的告白，表明她對他只有兄長的愛，她希望這份愛能永遠保持下去，男人不疑有他，更何況他跟女人的認識也不是一朝一夕的事。

此後，女人只能冷眼旁觀的看男人對其他女人示好，只能看著她愛的男人擁著美麗的女子卿卿我我，甜甜蜜蜜。女人的心事只有她最好的朋友明瞭，她認為女人不必為男人苦守著她的愛戀，最好直接向他表白。如果女人不敢開口，她可以代她去向男人明說。女人生氣了，她說：「如果我得不到他的愛情，至少我還擁有他的兄妹之情，你不要壞事，不要把我最後的希望都給打碎了。我難道不想說明嗎？我知道他不要的……」朋友無言，女人則只有淚水。

女人沒有再主動找男人，她讓男人自己上門找她。男人待她仍如往常，女人也沒有吐露任何的蛛絲馬跡，讓男人對她的妒火感到卻步。男人說：「哇！這個女人正點……」女人笑著把頭扭向他方，她的心在說：「沒有關係，不要去在意。」但是，她的眼淚，她的眼淚啊！卻快藏不住她的心事。

隨手心情

胭脂

女人坐在鏡子前，拿起艷紅的胭脂開始為嘴唇上色。她的眼神很浪，動作很慢，但是她的心情也很亂。胭脂上了一半，女人停了下來，她從鏡子裏看著看著，覺得不是很歡喜，便隨手從桌上抽起一張紙巾，用力將唇上的胭脂給抹去。女人深深的嘆了一口氣，她想：「啊！我到底要擦給誰看？」放下手裏的胭脂，女人坐在鏡子前，突然為自己的感情感到無限悲哀。身為一個女人，她也渴望為心愛的人裝扮，也希望看到心愛的人為她的美麗而著迷。但是，她的愛只能深藏在心裏，因為她愛的人到底愛她不，她卻沒有一個肯定的答案。

男人是女人的同事，去年夏天才進公司。男人有一雙大眼睛，眼睛上方是一對濃濃的眉毛，還有一排貼在眼睛上長長的睫毛。當男人說話時，眼睛和長長的

睫毛會不經意的眨著，那表情就好像一股電波，會突然放電，然後穿透對方的心裏。女人就是被男人的眼睛給不經意的電到了，原先她還以為男人對她有意，所以也不時的對他放電，那知男人對她的動作似乎不解，哦！也許是故意裝作不解，反正他從不對女人有任何進一步的動作，女人猜不透他的心思，反倒是自己從此為他害了單相思。

女人每天一到辦公室就先注意男人的身影，若沒見到男人，心底就會莫名的升起一股巨大的失望。她的一顆心總是不能安然的做事情，想來想去還是男人迷人的眼睛，除非男人立刻跳到她跟前，否則她一天的日子便會變得緩慢難熬，她的不安只有男人的親切問候才可以幫她消除。

有一回，女人又如此心神不寧的枯坐在辦公桌前想像她思念的人的身影，碰巧老闆過來找她處理一件案子，看她傻呼呼的坐在那兒，還以為她發生什麼事。

老闆問她：「你怎麼了？是不是工作上遇到困難？」女人一聽到老闆的聲音嚇了一跳，心思馬上回轉過來，但不知老闆所問何事，因此像個羞澀的小孩，不知所措的站在那兒。幸好老闆一直待她不錯，又關心的問了一次：「是不是工作上遇到困難？」女人這時才趕緊胡亂回答：「是有個客戶對上次交差的案子還有一些意見，但是我們已經在趕著處理，應該不會有太大的問題。」老闆點頭。然後接著說：「有什麼棘手難辦的案子，沒有太大把握可以處理好，就跟我說一聲，不要出了狀況再來報告。這裏有個案子，你先處理。這裏面有這個案子的詳細內容，你先看看，不懂的話再來問我。」女人趕緊伸手從老闆手裏接過案子來。老闆離開後，女人覺得有些慚愧，老闆待她不薄，她卻因為自己的心事而無端的對他說謊，想來便禁不住的搖頭嘆氣。

午飯時，公司裏比較熟悉的同事通常都會聚在一塊兒用餐，吃吃聊聊的，時間似乎比較好過一點。女人對這樣的聚會沒有特別喜歡，但一定會參加，她不想被大家摒除在外，男人若在辦公室，通常也會參加這樣的午餐大會。有一次午飯用餐時，男人當著同事的面對女人說：「咦，你今天的口紅顏色是不是不一樣？」女人沒有明白男人問話的用意，所以楞在那兒沒有說話。有個男同事卻代女人回答：「幹嘛，你對人家有意思啊！沒事管人家換口紅顏色做什麼？」女人原來就沒有刻意表現她對男人的好感，但一聽到同事的話，她反而像做了虧心事一樣滿臉通紅起來。男人聽完同事的話還沒開口時，又有一個女同事說：「你們兩個大男人不要沒事調戲人家，害得她臉紅起來了。」這下女人更不知道要說什麼，只好拿兩隻眼緊盯著飯盒，假裝很認真的吃飯。男人對所有的質疑都沒有否認，感覺上彷彿他已經默認同事的懷疑。女人的一顆心突然砰砰的跳得很急促，她不曉得自己是高興還是不敢相信。這時同事全都七嘴八舌地說要男人大方的承認他暗戀著女人，男人似乎滿習慣這種場合，他笑著說：「暗戀又如何呢？我只不過關心她的氣色不好，是不是換了口紅的緣故，哪裏可以扯得出來這麼多事。」同事對他的回答還不夠滿意，所以嚷著說：「那你怎麼不去注意別的女人的口紅是不是也換了顏色呢？你如果喜歡人家，就得把人約出去……」大家一扯，便沒完沒了。女人只是低頭，隨他們鬧，男人則只是笑。但是，男人只不過是跟大家這樣說說笑笑，並沒有真正開口約過女人。女人卻信以為真的等著男人來約她，她痴痴的等過一天又一天。

女人坐在鏡子前，再度拿起口紅，深深的抹在兩片沒有顏色的嘴唇上。第一次，她這麼想要一個男人，但是他迷離的眼神裏卻看不出來他到底為誰著迷。夜已經很深了，她卻只能獨自一人守著沒有明天的愛情嘆息。在黑暗裏，女人輕聲的說：「讓我像卡門一樣為你舞一回吧！不用在意世俗的眼光，不要回頭看，舞跳過了之後，你就走……」女人熄了最後一盞燈，燃起一根煙，在黑暗裏，所有的綺想卻都只能鎖進心扉。

無情

女人深鎖的眉頭，有一抹濃濃的哀愁，她的心正在為男人鬧著相思病，為著男人幾句輕薄的調戲言語，她便執意的把感情投下去。她盼望著男人能收起玩心，跟她認認真真的愛一回。可是男人隨隨便便說過的話，說過就遺忘，卻只留下女人獨自擁抱那些感傷。女人從沒有認真愛過誰，也不曾為誰掉過淚，但是她的心被男人無情的挑弄後，竟渴望與他天長地久，悲喜與共。女人問自己：「我是怎麼了，為什麼對一個不可能專心愛我的男人如此迷戀，我如果不是想要證明我的魅力，就是想要傷害自己。」

朋友告訴女人：「那個男人不可能愛你。」女人反駁：「為什麼？」朋友殘酷的回答：「因為你不再年輕，因為你沒有背景。」女人低頭不語，似乎在想朋友的話有幾分真實。「你為什麼不願把我的話聽進去。我前幾天還看到他跟一個年輕女人相擁著走在路上，有說有笑的，感覺上就像一對戀人。」朋友近乎生氣的說。「那有什麼關係，反正我也不是他女朋友，他有權利可以在外面跟任何女人約會。我沒有權利說什麼。更何況他還沒結婚，每個女人都有可能成為他未來的老婆，不是嗎？」女人替自己，也替男人辯解。朋友「哼」了一聲，她說：「是明知男人天生性情花，又偏偏要喜歡他的女人才會幻想成為他的老婆，我可不包括在內。」朋友的話雖然很對，但是聽起來卻像針一樣刺著女人心肝。她用力吸著氣，害怕即將掉落的淚水惹來朋友更多的話說。朋友也許意識到自己的話傷害到女人，她話鋒一轉，溫和的說：「我們從小學念書起就相處到現在，你的個性我還不清楚嗎？從前你為了一段無解的愛情，幾乎失去性命，我不能看你再次傷害自己。你知道我們向來就有如姊妹一般的感情，看到你三番兩次的在感情的邊緣裏痛苦、掙扎，我的心也不好受。你明白嗎？」女人滿眼是淚的看著朋友，沒有開口。

朋友把女人從沙發上拉起來。她跟女人說：「我真不懂你，那男人有什麼好，值得你為他失魂落魄。你去換衣服，化個妝，把自己打扮得漂漂亮亮，我們去喝下午茶，我相信憑你的條件，在外面一定有很多人追。」朋友一放手，女人又癱回沙發上。她輕輕的說：「男人在你眼裏也許不好，反正你已經有個人愛你，也會很快的建立你們共有的二人世界，但是我呢？我什麼都沒有。男人在我眼裏當然是好的，因為他說的話我都愛聽，他做的事我都喜歡。他沒有說要喜歡我，是我自己想要擁有他。我這樣錯了嗎？我只是想要有個人來愛我……」女人說到最後突然抑止不住的哭了出來，她斷斷續續的說：「為什麼你們的感情總是很美滿？而我的愛情一路走來總得摔的一身是傷，我的要求不多啊！我只不過想要有個溫暖的家庭生活而已。你不會理解的，現代的新女性講什麼單身生活可以過得更好，在我看來都是一些狗屁不通的話。像我這樣上了年紀的女人，每天都在著急嫁不出去，我的心有多寂寞，我的人有多孤單，你明白嗎？每天一睜開眼，我就渴望我愛的人就躺在身邊，我們可以快樂的過屬於我們的日子。但是這是多麼困難的一件事，我尋尋覓覓了近乎二十載，都依然還在尋找我的愛……」朋友靜靜的聽女人說話，一句話也接不上來。

「愛情不是你要，它就會發生。喜歡的男人也不是你向上帝禱告，他就會出現。這些年我等了又等，好不容易才等到他，你為什麼要對我那麼殘酷，逕說些刺耳的話來喊醒我的美夢。」女人是在努力克制自己的淚水的情況下，勉強的把這段話說完。朋友聽了，只是淡淡的說：「其實你自己也是清楚的，否則你又何必用美夢來形容自己的感情。」女人從沙發上站起來，她對著朋友說：「我當然清楚。可是你知道嗎？這個男人就是會討我歡心，他總是可以說出讓我心花怒放的話。我當然明白他會對我這麼說，他也會對別的女人這麼說；我只不過是對自己抱著一點希望，也許他真的只有對我說過，我是他喜歡的那種類型的女人……」女人說完，朋友卻自顧的回她：「那你到底要不要去喝下午茶呢？」女人微笑的點頭。

當女人對著鏡子整裝時，朋友問她：「你要試試自己的運氣嗎？」女人回頭看著朋友，一臉疑惑。朋友說：「我可以幫你去探探男人的口風，也許你是對的，他跟別的女人約個會也沒有什麼。搞不好你才是他真正尋求共度一生的對象。」女人停下手裏的粉刷，看著朋友，苦笑的說：「你是被我說糊塗了嗎？他不會愛我的，我沒有他要的條件。他的話只是順手揑來哄哄人心的，是我自己不好，偏被他的話哄得暈頭轉向。你不用問他，我自己知道答案。」兩個女人的眼神彼此對看著，卻都不知道該說什麼。

酒醉

女人躺在大樓的一樓地下，她披頭散髮，嘴裏嘰哩咕嚕的不知道在說些什麼？管理員好心的走過去扶她，女人大叫出來：「你不要碰我，我叫警察來抓你……」說完便轉了個身，背向管理員。管理員站在那兒，咕噥的說：「這好好的日子不過，一個女人家學男人喝個爛醉，成何體統。」說完就順手去拉拉女人衣裙，幫她遮掩微微露出的底褲。女人是半醉半醒，看到管理員的動作，她直覺翻起身來，用力的咬了管理員一口，並大叫：「叫你不要碰我！」叫聲很淒厲，引得住戶紛紛探出頭來一窺究竟。管理員也許看自己的一番心意被女人給無端的玷污了，便生氣的說：「叫警察來好了，這個女人躺在這裏鬧事呢？」有人聽到管理員的話，便問：「這女人是誰？」管理員大聲說：「這女人賣自己來養小白臉……」女人臉朝下，趴在地上，聽見管理員的話，便無聲的哭了出來。

警察一走進來，管理員馬上迎上去。警察一臉嚴肅的問：「這裏有人在鬧事？」管理員指一指靠牆角的方向，悄聲的說：「喝醉酒的女人，在這裏大呼小叫，吵到住戶了。我想要拉她起來坐好，她反而咬我一口，我沒有辦法只好把你們請來了。」警察順著管理員指的方向一看，果然看見一個女人躺在那裏，動也不動，像沒有了氣息似的。警察問：「她住在這裏嗎？」管理員點頭說是。警察再問：「她家裏的人呢？怎麼不叫她家人出來。」管理員覺得這警察真沒有腦筋，他想：「如果有家人在，我還用得著請你這老大來一趟？」心裏想歸想，管理員還是很客氣的說：「警察先生，她就一個人住這兒。」警察看了管理員一眼說：「怎麼不早說？」管理員只是哈哈的笑，卻沒有說什麼。女人躺在那兒，一直聽著警察跟管理員的對話。她似乎清醒了點，但是看見自己這等模樣躺在地上，想想還不如裝醉算了。

警察問管理員：「你知道她住那一間？」管理員點頭。警察接著用命令的口吻說：「來，幫我抬到她家門口，開門讓她進她家地板去躺就算了！」管理員還算有良心，他說：「現在是十二月的天，躺在地上那多冷。何況她又喝醉酒，會生病的。再說，我也沒有鑰匙……」警察有些不耐煩的回答：「那你要我怎麼辦？為了一個醉鬼耗掉我的時間，我很忙，你曉不曉得？」管理員無可奈何的只好陪警察一同把女人抬到她家門口。反正已經到了這種地步，女人乾脆就閉上眼，裝做不醒人事。等兩個大男人把她抬到家門，女人聽見警察叫管理員把女人皮包打開找一找，管理員有點怕事，他說：「這樣好嗎？」警察說：「你發什麼神經病，我是叫你找鑰匙。她不帶鑰匙怎麼出門？」管理員這時才悟出來，趕緊伸手進女人皮包裏找。警察跟管理員把女人抬至她的沙發上，便覺得責任已了，隨即推開門離去。在門被關上前，女人聽見管理員說：「看不出來這女的還滿愛乾淨的。」接著是一陣笑聲，隨著被關上的門給關在門外。

女人待他們離開後才起身。她走進浴室，開始一件一件的脫掉滿是酒味的衣服。她看著鏡子裏披頭散髮的自己，不太敢相信自己的眼睛。如果不是因為男人，她也不至於鬧出這丟死人的一幕，她想著想著，一時忍不住便大哭起來。她踩進浴盆，打開蓮蓬頭，水便嘩啦啦的出來。女人站在蓮蓬頭下，讓水用力沖著，看能不能將自己沖醒。女人不明白自己怎麼會落到這般田地，需要靠酒精來麻醉自己，好忘了不屬於她的男人。

男人是她店裏的常客，人雖然長得很老實，但是花起錢來很大方，女人被他吸引完全是因為男人那張老實的臉。可惜的是男人已有家室，不可能跟她有任何結果。女人過去即使像管理員說的養過小白臉，但是她從不會恥於開口否認。她認為世上不管男人或女人都有可能為自己所愛的人犧牲，尤其是像她這樣的痴人，對於愛情懷抱太多美麗的幻想，她不在意付出，但是她害怕傷害人，只因她也曾經被人深深傷害過。就是因為自己的一時心軟，所以她從沒有跟男人表白她的愛，她害怕去想像男人老婆躲在家裏暗自流淚的臉，雖然她跟她沒有任何關係。

關上蓮蓬頭，女人頓時感覺一陣寒冷。她抓起浴巾擦乾身體，再穿上一件白色浴袍走回客廳。坐在椅子上，她細細回想剛剛發生的一幕，管理員的話，警察的話，更早的是男人對她說的話。男人說：「他可以在外面隨便陪美眉玩，只要他老婆不知道，他就安全了。唉！可惜你已經超過我預定的年紀，否則你也算徐娘半老，風韻猶存，雖然你還不到徐娘的年紀……」男人說完還哈哈大笑。女人問他：「什麼叫你預定的年紀？」男人大言不慚的說：「我不跟超過二十五歲的女人玩。女人年紀越大，越玩不起來，動不動就叫男人離婚娶他們，年輕美眉比較玩得起，只要有錢玩，他們才不要什麼天長地久……」女人看著自己喜歡的男人對她說出這樣的話，心裏像刀割般難受，她沒有多說什麼，但內心卻有一股異樣滋味浮上來，她不知道是高興她沒有跟男人表白，免於難堪，還是哀傷早知如此就跟他隨意玩玩，反正誰也不用在意誰。下了班，她直接走向自己比較熟的酒吧，喝個爛醉如泥才回家。回到住處，她就像得了失心症一樣失去控制，接著就演出了自己生平最難堪的一場戲來。

女人問自己：「我做了什麼，我只不過想要有個我愛的男人來愛我。」女人走回臥室的更衣鏡前，脫下浴袍，靜靜的看著裸身赤體的自己。她問：「我真的老了嗎？」「難道上了年紀的女人就不能再享有愛情的權利。」女人舉起兩手，輕輕的撫摸著雙頰，她——再次的問自己。

隨手心情

習慣

女人說「習慣」是養成的。

她說：「她習慣一個人過日子，習慣去緬懷過去的愛情。」朋友說：「這有什麼意義呢？」女人無助的說：「意義很大啊！我害怕改變。因為害怕所以到現在我已經習慣喜怒哀樂沒有人分享。萬一有個人突然闖進來我的生命，我會不知道該怎麼去應付，或再去適應新的相處模式。所以我寧可維持舊有的習慣，過安靜的日子。」朋友冷笑的說：「那麼你家裏擺的這些你過去男朋友的照片是做什麼？也是維持舊有的習慣嗎？你為什麼不願承認，你還深愛著他？」女人低頭不語。

女人跟男人已經分手好長一段時間，男人是個浪漫多情的人，他不是愛拈花惹草，只是很容易掉進女人的溫柔陷阱裏。女人跟他在一起時，他還跟另外一個女人來往密切。女人跟他大吵大鬧，男人說他沒有辦法就這樣丟下另一個女人不管，他要求女人給他一些時間，他一定能夠徹底結束這段感情，跟她好好過日子。女人問他：「那我的感覺呢？你要將我擺在哪邊？」男人回答：「你就睜一隻眼，閉一隻眼好了，反正我早晚都是你的人了。」女人回家大哭一場，仔細的想了又想。她把「男人」跟「自尊」擺在心中的天秤上，看看到底誰的比重比較重，考慮良久，她自認為離不開男人，所以做了一件別人認為是笨蛋才會做的決定，成全男人的想法。男人沒想到女人隔天便跑來告訴他，她願意等，心裏的歡喜與驚訝可想而知。男人捧起她的臉頰親了又親，親到她快無法呼吸，女人嘴裏快樂的說：「但是你得答應我儘快處理好，不要讓我等太久。」心裏卻隱隱約約的有股不安的情緒慢慢升起。

女人是不想分手的，但是她為這段感情要死不活的掙扎著，日漸消瘦的身影，很快就引起家人的注意。在家人的詢問下，女人才吐露真情。母親為此大發一頓脾氣，她強行逼著女人跟男人分手，女人不願意，母親說：「你沒有得選，不管你做不做我女兒，我都不許你跟這個男人在一起。」女人不願傷母親的心，只好跟男人黯然分手。大家都以為這段感情到此就算結束了，那知男人三天兩頭的跑來找女人，女人沒有辦法只好跟男人背地裏偷偷來往。朋友知道了曾經大罵她：「你怎麼那麼傻，那個男人又交了女朋友了，你知道嗎？」女人知道後，非常生氣的跑去找男人，男人倒是一臉委屈的說：「當初是你堅持要分手的，我的心情所以能夠平復，都是因為另一個女人走進我的心靈，你不能怪我……」女人聽著男人的言語，整個腦海一片混亂，別人扮演的角色既是這麼美好，那麼她呢？這些日子以來，她又是扮演著什麼樣的角色呢？她傷心的離去，對於男人的「好」，她堅決的跟自己說應該在短時間內迅速忘記。

但是習慣的確是養成的。她習慣男人的笑，習慣男人說話的方式，習慣男人待她的款款深情。跟男人分手後，她才發現要重新養成另一個習慣，習慣沒有男人陪伴的日子竟是這麼困難。她跟男人約法三章，大家還是照常見面，但只有友誼，沒有愛情；要男人不要再對她說些她不能承受的言語，男人答應了，他們才恢復來往。這麼多年過去了，男人以為女人早已忘記他們過去的那段戀情，所以常毫不忌諱的跟女人提起他愛情生活的點點滴滴。女人每聽一回，總要哭一回，但是她不敢跟男人說明，在她的內心深處，永遠有男人的身影佔據著，她不怪男人，她怪自己。

朋友說：「你沒有辦法再愛上人，除非你把男人的照片全都收起來。」女人不言語。朋友又說：「你習慣有他又怎樣？他已經不屬於你了嘛！你為什麼不再養成有另一個男人陪伴的習慣呢？誰沒有在愛情裏跌過跤，如果每個人都像你這樣，那麼這個世上就不會有美麗的愛情，大家每天活著就為那些逝去的愛情難過悲傷就好了。」女人默然。朋友嘆了一口氣說：「你以為別人都不想長長久久的愛情嗎？童話式的愛情可遇而不可求，果真讓你遇到了，你也不見得知道如何把握啊!你想想看，在這個世上，有多少人沒有真正談過戀愛，你起碼還認真的愛過一回，沒有結果又如何呢?那不代表你將永遠無法再遇到一個可以讓你信賴的男人啊!」女人點頭。

女人說：「我很怕改變，但是我一定要改。給我一些時間，我知道我可以做到。習慣是靠時間養成的，但也需要時間來改變。」朋友看著她笑著說：「你想要愛情，必須放開胸懷去找，放在心裏誰又猜得到呢?你沒有聽過嗎?幸福是追求來的，你要相信人性，才能再度找到愛情。」女人笑了出來。長久以來，她一直活在男人的愛情陰影下，這是第一次，第一次她笑得如此開懷。

隨手心情

青蘋果的憂愁

青春年少，酸酸澀澀，
她～不是不懂情滋味。

自毀的美少女

美少女還在台北市一所高職學校夜間部念書，家裏環境很好，所以並不需要她出外工作賺錢。她之所以念夜間部是因為正值豆蔻年華的她很怕沾書本，找一所夜校念念，熬個四年就可拿到一張畢業證書，再怎麼差還是高中畢業生，這是家裏放任她貪玩的個性裏所堅持的唯一要求。

美少女在班上是個「焦點」，因為她長得美，而且又美得有點壞，雖然差兩年才畢業，但是從發育健美的身材來看，又常常讓人誤認為她已經踏入社會就業了。她從來就不吝於展露她的優點，尤其在夏天，稍嫌小的白色校服似乎永遠包不住她呼之欲出的胸部，一雙修長的美腿在短得可以的校裙底下，也經常流露出青春的誘惑，她讓班上的少數族群——男同學吃盡了所有的冰淇淋，卻從來不曾將這些人放在眼裏。

「哎呀！你怎麼了？」班上跟她比較熟識的女同學看到她時全都尖叫起來。

「哦——沒有什麼」，美少女無力的回答。

原來美少女帶著一臉的「抓傷」走進教室，把大家嚇了一跳，於是眾人紛紛走過來圍著她，嘰嘰喳喳的問著。

下課後，大家約好了在「丹堤咖啡館」碰頭。一群女孩一坐下來，就開始盤問美少女的「抓傷」怎麼來的。只見她嘟著嘴說：「沒有啊！我跟男朋友吵架，因為他竟敢背著我跟別的女孩子出去玩。我問他時，他還敢否認，我一生氣就上前用力抓他的臉，把他的臉抓花了，他也不反抗。事後我又後悔，又心疼他的臉，於是當著他的面，也用指甲把自己的臉抓了，就是現在這個樣子」。女孩說完後，還拿手把前面的流海掀開，露出整個臉蛋，讓大家瞧個仔細。其中一個女

同學實在看不慣了，忍不住的說：「喂，我覺得你真的是貝戈戈耶，賤嘛！」另一個女同學附議說：「對啊！你這麼漂亮，家裏又有錢，幹嘛做這種白癡行為。」

美少女做個鬼臉說：「要你多事。」

美少女端起咖啡，啜了一口接著說：「哎呀！這還不算什麼……」眾人齊聲說：「什麼，你還有更精彩的，趕快，我們要聽。」

美少女說：「去年夏天，我跟他也是吵了一架，兩個人不說話超過一個禮拜，我受不了，於是約他到我們家附近的公園談判，我隨手帶了一把美工刀，藏在衣服的口袋裏。你們知道，他是死硬派，我們談不好，我一生氣拿出刀，本來想刺他，但是看到他的眼睛，我下不了手，於是往自己的大腿刺一刀，他嚇死了……」美少女說完時還嘻嘻哈哈的胡鬧著，但是坐在旁邊的女同學早就聽呆了，大家愣在那兒忘了出聲。

最後還是美少女說：「喂，你們大家幹嘛不說話，我也知道我像神經病一樣……」女孩們聽後嘩的笑出聲來，說：「你知道就好。」

美少女接著說：「我爸爸受不了了，今年夏天要把我送到日本，我哥哥，姐姐都在那兒念書……」

大家睜大眼回應著：「啊！真的嗎？」然後嘆息聲此起彼落，似乎都覺得遺憾。美少女俏皮的點點頭，美麗寫在她的臉上，青春是不該有遺憾的。

新女孩主張

女孩是大家眼裏的乖孩子，所謂的乖孩子是指她不會讓雙親擔心她吃「快樂丸」，或私下到哪家醫院偷偷拿掉小孩。父母親會做這種憂慮不是沒有來由的，除了社會上流行年輕人追求自我的生活外，再加上女孩本身也愛玩。

女孩書唸得「嘛嘛爹」(馬馬虎虎)，書雖然唸得不好，但是，有什麼關係呢？「讀書」又不是人生的全部。最重要的是活出自我，不是嗎？這些話女孩常掛在嘴邊，用來安慰自己。在朋友裏，她也不是最怪異的一個，因為這群在「1980」年後出生的小孩，都喜歡有自己的主張，喜歡自己決定自己的事，不要大人插手。

女孩的世界還算單純，她喜歡追求新的流行資訊，從購買化妝品到聽音樂、看電影；收集可愛的文具用品、看漫畫書、看日本卡通影片，她都很有興趣。她的偶像不是「木村拓哉」，也不是追求性別錯亂的偶像歌手「IZAM」，她最喜歡，最喜歡的人物是「蠟筆小新」。

女孩喜歡蠟筆小新的無厘頭思考模式，一切都可以不用按照規矩來。對自己好奇的事，一定打破砂鍋問到底，為掩飾過錯，可以瞎編一堆理由，但這些動作，都不讓人討厭；相反的，反而使蠟筆小新成為一個可愛自然，不做作的小孩，讓人很喜歡。女孩說：「這年頭，很真實的人已經不多了。」她喜歡蠟筆小新的無厘頭，那可跟喜劇大王周星馳的無厘頭式鬧劇不同。

女孩最近迷上網路，每天一回到家，就開始進入各個網站，看看網站裏的最新八卦消息。不久前，她看到台灣有少女模特兒在網路上公開自己的私生活，讓全世界的人都了解，這些台灣美少女都在做些什麼？她知道後，心底就很羡慕，蠢蠢欲動，但礙於自己臉蛋，身材都差一點，她還不想太早開放自己讓別人認識，她說：「她要等待正確的時機。」不過，真正吸引女孩上網的理由是——她在網路上談戀愛了。

女孩最近在網路上認識一個化名叫「帥哥」的男孩，男孩跟她志趣相同，而且都是蠟筆小新的支持者。剛開始，女孩很高興，找到自己的同夥，興致一來，就上網跟帥哥打屁，當話題一開，天南地北，生老病死，全在談天的範圍內。聊到後來，上網找帥哥就成了每晚飯後的例行工作。

帥哥寫著：「可不可以出來見面？」

女孩寫著：「幹嘛啊！你是不是很好色？」

帥哥寫著：「見面又沒有要做什麼！」

女孩寫著：「不要，這樣不是很好嗎？」
帥哥寫著：「拜託啦！我發現自己很喜歡你！」
女孩寫著：「不要，我又不知道你長什麼樣子」
帥哥寫著：「我敢寫帥哥，保證不難看！」
女孩寫著：「我怎麼知道？萬一你長得像怪叔叔，怎麼辦？」

女孩心情已經低落了好一陣子。
媽媽叫她吃飯，她不吃，一個人躲在房間偷偷哭。
媽媽推開門，看到嚇了一跳，訝異的問：「你怎麼了，不吃飯，哭什麼？」
女孩哭著說：「帥哥不上網了，他不理我了……」
媽媽一聽，愣在那兒說：「什麼帥哥？」
女孩不耐煩的說：「哎呀！你不懂啦！」
媽媽說：「是啊！我不懂。我只想知道帥哥有沒有讓你大肚子？」

女孩一聽，笑了出來，她甜甜的說：「媽咪，你扯到哪裡了嗎？帥哥不可能讓我大肚子。我現在肚子是扁的，因為它—餓—了。」

隨手心情

音樂人愛情

男人二十四歲上下，平日以教電子吉他和跑跑音樂場子過活，生活勉勉強強過得去。男人有一個交往六年的女朋友，比他小一歲。二人的感情生活充滿戲劇效果。比個性，兩人都好強，比暴力，兩人一吵架，就開始摔東西，比恩愛，他們比誰都甜蜜。

男人的個性帶著一點浪蕩不羈，有著搖滾樂人的野性。女人彷佛天生就來跟他湊一對的，男人怎麼野，女人就怎麼壞。男人常說自己是上了金箍棒的孫悟空，逃脫不了女人的操縱。無論怎麼吵，他們還是相安無事的走過幾年的戀愛生活。

玩 BAND 的人，團員本來就是吃喝玩樂全在一起。剛開始戀愛，女人為了取

悅男人，會自動屈就，就算看不慣的行為，也悶在心裡不說。但是，當戀情漸漸穩定後，女人的不滿就越來越強烈，也越來越不能壓抑自己的情緒。後來，看不慣的事，她乾脆就直接批評，當著男人的面，當著男人朋友、團員的面。一開始，男人還能忍受，門一甩，就當作什麼都聽不見；不過，當女人不懂得收斂，不懂得男人也要面子時，男人就毫不留情的扯破臉，當場大吵起來。

吵架會成習慣，他們越吵，就容易用吵來解決紛爭。但是吵架也會使人麻痺，吵久了，就會忘記當初相愛的理由，吵到最後，兩人竟開始動粗。眼看彼此無法再共同相處下去，男人服輸了。

男人說：「我敗給你了，我們分道揚鑣好了。」

女人說：「分手就分手，你以為我會求你嗎？」

分手的話既然脫口而出，礙於面子，就只能照話去做。明明相愛的人，卻因為一句衝動的話，而飽受煎熬。在分手的這一年間，他們還是藕斷絲連，感覺上像情人，又像朋友，但兩人都不願意先開口求和，只好讓這樣曖昧不明的關係，懸在那兒。後來，男人認識了另一個令他天旋地轉的女人，他掉進愛的漩渦裏，他想要一個新生活，與女人之間的藕斷絲連不再令他眷戀，於是慧劍斬情絲，他要切斷與女人過去的恩怨。

男人要求不再見面。女人哭著求他不要這麼狠。男人的確狠了心，任憑女人的淚再流，他都不回頭。女人至此才明白，她愛這個玩搖滾樂的男人有多深。她撇開了面子，低聲下氣，求男人再給她一個機會，但是愛情就是這麼現實，當對方變了心，變得不在意了，妳再怎麼委曲求全，對方還是不會感謝。

女人崩潰了，她把自己鎖在自己的世界，不跟任何人來往，不跟任何人互吐心事。她把跟男人交往期間所互贈的禮物全都銷毀，她說她只要有自己就好，她

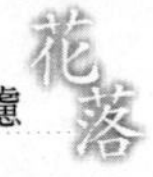

不想把手再交給任何人。就這樣，經過半年的封鎖歲月，一段漫長，冗長的等待，她還是等不到男人回心轉意，但是，卻更加證明自己依然深愛著他。女人從男人朋友手裏打聽到男人新歡的電話號碼，她決定做一件她自認該做的事。

「喂！喂！請問你找誰？」一個甜美的聲音在電話那頭響起。

女人聽了，十分難過，想起過去的自己，比照現在的心情，她不知道如何開口。

「喂！喂！請問你找誰？」對方還是甜甜的問著。

「你—，你—，可不可以把他還給我，沒有他，我活不下去……」女人哽咽的聲音，一聲一聲傳進對方耳裏。

空氣在那一瞬間凝住，兩個女人都沒有出聲，但聽得出來，彼此的呼吸都很沉重。

現代茱麗葉

女孩坐在書桌前，攤開紙，開始寫起字來。她的手微微顫抖著，寫出來的字有些歪斜，看看不是很喜歡，便揉掉了，丟在垃圾桶。重新攤好紙，女孩雙手支著頭，望著書桌上潔白的信紙發愣，她不知道自己應該從何處下筆，想著，想著，眼眶一紅，淚珠便一滴滴的滑落，淹濕了信紙。

女孩從下午把自己關在屋子裏，就沒有停止哭泣過，一封簡短的信寫了一個下午，還是寫不完整。她蒼白的臉色看起來就跟潔白的信紙一般，透明，脆弱。稚嫩的臉蛋掩飾不了她嚴肅、凝重、的神情。對她來說，十七歲的青春歲月，好像一條走不盡的道路，那麼的，那麼的漫長。

女孩坐直了身體，微微低下頭，烏黑的髮絲垂落在半空中，更襯托出她蒼白，沒有血色的臉頰，那麼楚楚可憐，那麼惹人憐惜。她陷在愛情的苦海裏，一直想努力的掙脫快被淹沒的自己。但是，她已經陷得那麼深，雖然曾苦苦的想出任何理由，勸告自己熬過這個情結，苦熬了幾天，還是幫不了自己。這幾個夜晚，她想了又想，在每一個寂靜的夜晚，苦苦逼問自己：「如果走不下去了呢？那麼應該怎麼走？」。

她的思想逐漸在脫離自己的靈魂，她的理智漸漸在佔領她的心情，她認為自己已經想得很清楚了，抹掉了正在滑落的淚水，提起筆，她開始寫著：

「親愛的爸爸，媽媽：

您們一定要原諒我這麼做，因為女兒為自己所犯的錯，良心正在受譴責。我不敢面對你們，更沒有辦法面對學校疼愛我的老師，以及關心我的同學；最重要的是——我沒有勇氣面對他的老婆，小孩，和自己的生命。

十七年來，我被您們小心翼翼的疼著，保護著，照顧著，無憂無慮的走過了十七年，我心裡的感激，恐怕無法以三言兩語來表達；但是我自己必須承擔愛上一個有家室的男人的錯誤，我曾經想逃避這份感情，只是女兒已經投入到無法自拔，他使我認真的體驗到親情之外，另外一種感情。

這份感情雖然是個錯，但是它也美化了我單調的讀書生活，我無意傷害任何人，也沒有埋怨任何人，更沒有權利責怪任何人。如果我的愛，傷害到別人，我要請求被傷害的人原諒我。我是這麼愛您們，今後不能再享受爸爸、媽媽的溫情，將成為我走時唯一的遺憾了……」

信寫好後，女孩緩慢的把它折好，然後放進信封裏。短短的幾行字，她簡單清楚的陳述自己放棄生存的理由，沒有後悔，沒有猶豫。放好信封，她摀住臉，開始無聲的哭泣，身體因為無助而微微顫動著，豆大的淚水，像雨一樣，不停的

下，下得她的人好疲乏。

她想起幾天前，她還愉快的和他約會，聊天。她還對他侃侃的談論她的計畫，她的未來，屬於他們之間的那份感覺，是那麼美麗，那麼甜蜜。如果不是事情被他老婆揭發了，並且威脅的要到學校舉發她，她美麗的臉蛋還是可以那麼紅潤，迷人。如果不是她老婆的指責，她還一直沉淪在自己的錯誤裏；但是她不能被告發，因為她是班上的模範生，她的志願是進台大……。

女孩想起這些事情，恍如隔世般那麼遙遠。她不能面對這項事實，她想要安靜的離開。讓她的愛情，她自己悄悄帶走；讓被揭發後的閒言閒語，留在人間，她不想聽。想到此，女孩的心境漸漸變得平息，她悄聲的對自己說：「就是那一瞬間，只要放膽往下跳，她的世界就靜止了……」

星期六的下午

星期六下午，女孩和朋友去看電影「世界末日」。散場後，兩人走在路上，毫無目標的往前直走，繞到林森北路附近，突然看見一座新開的咖啡館，裝潢很別緻，兩人對看一眼，毫不猶豫的走進去。咖啡館設計充滿著美國東岸的味道，分為上下兩層，兩人各自點了最愛喝的咖啡後，便選擇一樓靠近窗戶的角落坐下來。

隔著一層透明的玻璃窗，女孩和朋友可以清楚的觀看，路上來來往往的人群，週末假期，大家閒逛的步伐，亦顯得特別輕鬆緩慢。騎樓下有幾個擺攤的小販，膽大的販賣各式各樣的仿冒品，其中以歐洲各種名牌最受歡迎。女孩和朋友愣坐在那兒，感覺上有點悶，但又懶懶的，不想說話。碰巧這時候有一對情侶，迎著女孩的面走過來，她便仔細的盯著人家看。

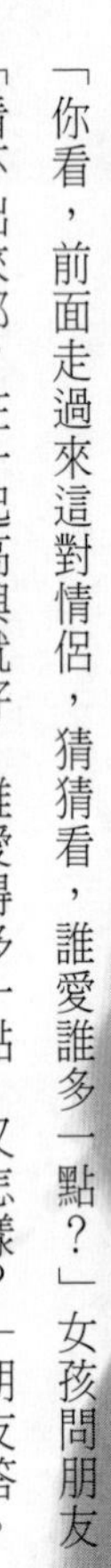

「你看，前面走過來這對情侶，猜猜看，誰愛誰多一點？」女孩問朋友。

「看不出來耶？在一起高興就好，誰愛得多一點，又怎樣？」朋友答。

女孩說：「我猜女的愛得多一些。」

朋友看著女孩說：「哦—，怎麼說？」

女孩鬼靈精的笑著說：「你看女的挽著男人手的樣子沒有，她使出了力，挽得緊緊的，看起來像不像極度缺乏安全感，那表示她對男人的愛沒有把握。而男人呢？他還是一副悠遊自在的模樣，眼神不時的往地攤上的物品瞄瞄，或是朝路過的陌生女子身上看看。對於他身邊的女人，哎！完全不管。」

朋友聽女孩說了一大串，便接著說：「這樣看人太主觀，膚淺，而且對那個男人也不公平。」

女孩說：「人本來就是很主觀的嘛！」

兩人因這個話題起了頭，便開始對路過咖啡館的行人品頭論足起來。看見是對情侶，就猜人家感情好到什麼程度？看見是群女生呢，就對人家的臉蛋，身材，打扮，評評分。如果是群男生呢？就猜人家年齡，職業，有沒有女朋友？或是對他們的穿著品味，徹頭徹尾的分析一番。兩個女孩在玩這個無聊的遊戲的過程中，還發現一個事實——即多數男人的眼光，都喜歡飄來飄去，尤其遇到落單的美麗女人時，看得特別起勁。

兩人玩累了時，停下來。

朋友問女孩：「如果有一個男人對你很好，可是他已經有老婆，你會考慮嗎？」

女孩笑了起來，她笑著反問朋友：「你會嗎？」

朋友若無其事的說：「會啊！」反正只是玩玩，如果我不會傷害他的家庭的話。」

女孩問朋友：「什麼叫不會傷害他的家庭？」

朋友回答：「就是我不會逼他跟老婆離婚，我只要他能提供我想要的享受，反正我還年輕，不急著結婚生子。等我玩夠了，再找個人安定下來……」

女孩說：「你是不是現在有這樣的男朋友？」。

朋友頓了一下，才說：「有。」

女孩聽了，沒有多說什麼。

朋友再問女孩：「你會不會接受這樣的感情？」

她笑著說：「啊！我想我不會吧！」

朋友問：「為什麼？」

她說：「因為我不想我的心被人家這樣綑綁起來，我的愛很霸道，不想跟人分享，玩並不困難，但我不想，我就是這樣……」

女孩反問朋友：「你為什麼問我？」

朋友低下頭，很小聲的說：「啊！其實沒什麼，剛好他一個朋友在找……」

星期六的下午，女孩跟朋友的心情都顯得有點悶。

放浪

女孩躲在房間，把音樂開得很大聲，讓自己的哭泣聲，淹沒在「貝多芬」的英雄交響曲裏。英雄交響曲原名就叫「拿破崙」，是大師獻給他心目中的英雄「拿破崙」的，儘管大師後來推翻這個想法，「拿破崙」一曲易名，後來成為大師遺留人間的偉大作品——英雄交響曲。但是在女孩心裡，貝多芬跟拿破崙都是她的英雄，他們強悍，執著，有超人的毅力，他們緊緊追逐自己的夢想，這就是她心目中的英雄。

門外，二名室友，亦是班上最好的同學，拼命的敲著門，並急切的說：「你沒事吧！你沒事吧！」

女孩止住哭聲，自言自語的說：「這時候想起拿破崙，想聽英雄交響曲，是很沒有道理的，這關拿破崙什麼事啊？」

女孩推開門，同學們都「啊！」的叫出聲來。其中一位同學說：「不要哭嘛！分手算什麼，每天都不知道有幾百，幾萬對的男女朋友在鬧分手……」

女孩搖搖頭說：「我沒事，你們先不要管我……」

女孩是高雄人，三年前，獨自一人上台北讀書，今年夏天就要畢業了。她跟二名室友從高二便住在一起，雖然他們是女生，而且是很嬌氣的女生，但是他們常把彼此之間的友誼比做「三騎士」，也互相約定，將來如果考上不同的大學，也要保持現在的情誼。

女孩的生活本來很快樂，除了偶爾報怨功課寫不完，討厭所有的大考、小考，和擔憂考試成績不理想外，生活裏的一切事物，都還算美好。她期待大學生的生活，也確信自己考進大學應該沒有問題。如果不是遇上他，談了戀愛，再被迫分手，她還是可以再快樂的享受高中的最後一年生活。

他是大學生，女孩在學生PARTY裏認識的。一開始，兩人對交朋友這回事，都不太認真。PARTY裏認識的人嘛！在PARTY裏有說有笑，PARTY一結束，誰還會記得誰呢？結果是——PARTY結束後，兩人都願意再聯絡，友誼就這麼建立起來。隨著認識的時間增長，女孩的感情就越認真，但是他還是一樣，一樣的不認真。

在女孩執意、認真的追求下，他點頭答應交往。問題是，女孩對自己追求得來的感情，欠缺一份安全感。她纏著他，盯著他，為他食不下，睡不著，終於使他開始退縮，並強迫她放手，一份剛剛萌芽的戀曲，就此夭折。

女孩關起房門，獨自思索。小時候，她愛幻想，在做夢的過程當中，她已經在自己的幻想世界裏談過無數次戀愛，她的戀愛對象很多，從販夫走卒到達官貴人都有。她自以為自己是世上最多情的人，要把世上最美的，最豔的全攬到生命裏來！要用自己水汪汪的眼睛把男人的愛情一口氣吸光，為蒼白的生命添上色彩，不要留下遺憾！

「啊！為什麼跟自己想像的不一樣？我只是想要愛他啊！」女孩跟自己說。

女孩想起小時候母親常常叨唸她：「女孩子家應該要守規矩，不可胡亂來。」

誰曉得她就是這樣不乖，一顆心，從來就不安份，成天想著外面的世界。「愛情」不是二十四小時的便利商店，不能隨時願意走進，就走進；當然也不可能隨意，看看逛逛，不買時，步伐一抬就跨出。

當她對著鏡子，淚汪汪的哭著時，才想起母親殷切的叮嚀，多想自己此刻就在母親身邊，對她懺悔的說：「我不想要外面的世界，我不想要自己是個多情的人，我不想要最美，最豔的事物，我只想黃昏的時候，坐在後院，對著天空，對著田野，發著愣，看傍晚的風把彩霞追得無處躲藏……」

女生，行不行？

一群女孩坐在位於中山北路七段上一家「麥當勞」的分店裏，桌上盡是女孩們點的薯條、漢堡和可樂。大家吱吱喳喳的吃、喝、玩、笑，生活寫在他們臉上是沒有負擔，他們可以活在自己的空間裏，做自己開心的事。

女孩們年紀多數約在十七歲上下。看得出來每個人都花盡心思打扮，但是，也看得出來，效果跟穿制服時幾乎沒兩樣——都是可可愛愛的，一副東洋小美女的妝扮。其中一個女孩子，還刻意畫了「安室奈美惠」粧，大家因為她迷戀「安室奈美惠」，所以幫她取了個外號，就叫「小安室」。

小安室長得很可愛，她最喜歡看日劇，亦喜歡收集東洋藝人的照片，為了能

跟偶像更接近，以及滿足自己的興趣，她還特別跑去學日語，一學就學了三年，雖然還不至於溜的嘎嘎叫；不過，至少簡單的會話也難不倒她。

就在「麥當勞」旁的那條巷子裏，聰明的生意人已經在那裡擺了幾台速成照相機，就是拿來拍相片貼紙用的。只要投入一佰至一佰伍拾元，就可拍出屬於自己的，可愛的相片貼紙。當然，這些流行新花樣，也是從日本飄洋過海傳來的。

小安室說：「等會兒吃完後，我們一起去拍一些相片貼紙留念，好不好？」，大家全都興致高昂的拍手贊成。「但是機器不大，一次只能拍進幾個人頭，所以，要分配耶！」，其中一個女孩說。「好啊！好啊！誰先到誰先拍」有人這樣附議。

在這群女孩子裏頭，有個女生，剪了一頭短得不能再短的頭髮，她是這群人裏面，唯一不做東洋小美女打扮的。小女生外表看起來像小男生，她的身高跟大家不相上下，不過個兒長得稍微壯一些，戴了一副銀色的細邊眼鏡，遠遠望去，也頗有幾分少男的英姿，她的外號就叫「T」。

T問小安室，「你吃東西都這麼慢！」

小安室用嬌嫩的語氣回答：「是啊！吃那麼快做什麼？拍照一定都拍得到嘛！」

T用溫和的口吻附和著說：「對啊！你慢慢吃，我等你。」

等小安室吃完後，兩人才慢慢的走過去。其他的人早已經嘻嘻哈哈的拍成一團了。大家見到他們動作慢吞吞，於是鬧著要他們倆單獨拍，把他們孤立起來，做為今天的懲罰。

幾分鐘後，大家愉愉快快的拿著相片貼紙品頭論足，看看誰才是真正的小美

女，誰的姿勢最醜，誰最……，當大家看到「T」和「小安室」的合照時，都叫了起來：「啊！你們看起來好配哦！好像帥哥，美女的組合……」小安室聽了後，直叫罵：「哎喲！拜託，不要亂講好不好？」T在一旁則露出靦腆的微笑。

這次拍照事件過後，T單獨約小安室出來。

「你願不願意跟我在一起？我已經喜歡你很久了，這個HELLO KITTY的中文CALL機送給你，以後有什麼事，我們可以用這個CALL 機聯絡；那—，這是我的CALL機號碼……」，T一連串的說了一堆。小安室聽後，一臉錯愕，愣在那兒不知如何回答。T接著說：「也不是上次我們一起拍照後，我才開始喜歡你。自從高二我們同一班以來，我就開始注意你了……」小安室回過神來，急急的說：「那不行啊！你是女生」T若無其事的說：「女生為什麼不行？」小安室不知道怎麼拒絕，哭喪著臉，突然細聲的說，「因為我要跟安室奈美惠一樣，做一名年輕可愛的小媽咪，女生跟女生就是不行嘛……」。

速食婚姻

女生在一家PUB工作，是端盤子的服務生。她才從高中畢業兩年，這是她的第一份工作。這家PUB就位在師大附近，來捧場的客人多數為老外，或從國外留學回來的新世代。PUB的外表沒有什麼裝潢，所以一般人也不太看的出來，因此來的客人大部份為熟客，客人再帶客人來，也就帶動了這家PUB的生意。

一到週末連休假期，尤其是星期五的夜晚，台北市的夜貓族會全數出動，擠滿了台北市所有的尋歡作樂場所。女生工作的那間PUB也不例外，人聲鼎沸，生意正滾滾沸騰著。PUB雖然是一棟獨立的建築物，共有三層，但裏面的空間不大，一到客滿時，小小的空間就擠得水洩不通，每位客人幾乎都貼著身體喝酒、聊天，當然多數人也趁此良機欣賞俊男美女。

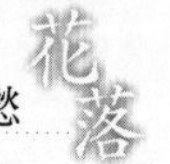

女生是家裏的獨生女，家裏環境還不錯，原本可以供她到補習班上課，再重考大學；但是她對於上大學，一點也不感興趣，倒是對於西方的流行文化，特別沉迷。小時候，家裏幫她找過英文家教，學了好一陣子英文，學英文的目的原來是為幫助她考取一流學府，現在派不上用場，倒是幫助她在PUB裏工作，英文程度好得足以應付那些老外，也正如此，她跟好些老外也逐漸建立起友誼。

女生是在工作時認識男生的。

男生跟女生一般大，小學六年級那一年，舉家移民澳洲，很有雪梨「陽光男孩」的氣息。一年前，回台灣來重新學習中文，以及中國文化。男生家裏雖談不上有錢，但是生活上也不缺錢花。第一次到PUB，他就跟女生談得很開心，後來就藉故來得更勤快，很快的發展成為一對戀人。

男生家裏很開通，任他在外表上怎麼做怪，都無所謂。因此他除了頭上頂著一頭綠色短髮外，耳有耳環，鼻有鼻環，肚臍有肚環，什麼洋玩意兒，在他身上都看得到。女生為了跟他配合，一頭黑髮特意染成紅色，三環就少個肚環。這兩個人相愛，在外國人眼裏很正常；但是到了女生家人眼裏，差一點沒鬧家庭革命。家人要女生辭職不幹，上補習班，準備考大學，女生則堅決要持續這段感情，於是糾紛便從此開始。

女生約男生談判。

女生開口：「我家裏反對我們在一起。」

男生酷酷的回答：「沒有關係的，我愛的是你，又不是他們。」

女生說：「可是他們每天給我壓力，我過得很不快樂。」

男生還是酷酷的說：「沒有關係的，只要跟我在一起快樂就好。」

女生冷淡的說：「這樣的快樂，解決不了我的壓力。」

男生聽了之後，久久才說：「那你要我怎麼解決？」

女生冷靜的問男生：「你愛不愛我？」

男生簡單的回答：「愛。」

女生說：「好！那你娶我，我們搬回澳洲。」

男生毫不考慮的回答：「好。」

女生最後問：「那回澳洲，我們吃什麼？」

男生笑得很大方，他說：「吃我爸媽囉！」

半年後，女生在「館前路」的一家補習班門口出現，黑黑的頭髮垂直到肩膀，耳環、鼻環全消失了，素素的一張臉蛋，沒有任何笑容。

女生看看手錶，還有十分鐘才上課，她不想太早走進教室，愣在馬路上思索。突然看見前面一堆學生圍著賣早點小販，等著買熱騰騰的早餐，她想：「啊！我有多久沒有吃過燒餅油條了。」走過去，擠在人群裏，她等著買——滿二十一歲後的第一杯豆漿，那滋味，她幾乎快忘了。

給我空間

男人今年三十一歲，單身，在一家投資顧問公司上班，有一份比普通人還要好的工作，收入頗豐。他的外表看起來安靜，斯文，不過「獅子座」的本性，使他在某些方面還是很活潑，很活躍。例如，當大家一塊兒聊天時，他會突然說一些「黃色笑話」，讓男人發暈(幸好，還不至於像志村大爆笑裏演的——讓男人流鼻血)，女人發窘；當大家出去尋求HAPPY時，他會特別放鬆，跟女人調些自認無傷大雅的情。雖然在辦公室裏，他不是最迷人的一個，但是女人緣不錯。

男人跟辦公室裏的同事組成一支「五人小組」，大家約好每天中午一塊兒吃飯。這群小組的成員包括男人、三名女人，以及一個漂亮女生。中午吃飯時間有一個半小時那麼長，大夥兒在一起吃飯的時光裏，吃出感情，所以情誼特別深厚。

不知道從什麼時候起，男人開始偷偷的約漂亮女生一起出門，吃飯，逛街，看電影。男人覺得自己莫名其妙，因為他一個大男人，怎麼會找一個剛滿二十歲的女生出門，但是他就是喜歡漂亮女生。他們這項祕密行動，其他小組成員都被蒙在鼓裡，他擔憂的是，第一怕會壞了大家共有的那份美好感覺，再者他們兩個人從外表到內在，都不像戀人，怕得不到祝福。漂亮女生不願公開的理由是，未來變化太大，她不想就此安定下來。

男人跟漂亮女生走在東區，手拉著手，享受沒有任何負擔的約會。

男人問：「這樣你會不會後悔？」

漂亮女生回答：「不會啊！我們不是說好了，要做親密的朋友，又不要給彼此約束，承諾；所以你也可以跟別的女人出去，我也可以跟別人約會……」。

男人聽了，眉頭一皺說：「可是我們這樣下去，萬一我克制不了對你的衝動，或如果我一、二年後娶了別人，都沒關係嗎？這樣對你不公平。」

漂亮女生說：「你或許認為我很小，但是，我其實大到不要你替我做決定，我自己可以承擔我的情緒；而且我還有很多事沒做，我要學笛子，我要到尼泊爾，我還想要計畫一趟全省環島旅遊，我想要認識台灣。有些事，你可以陪我做，有些事，你曉得根本不可能。況且我也不想現在就成為家庭主婦，一心一意做你的小太太。」

男人沒有說什麼。漂亮女生也許覺得自己說的過份些，於是捏捏男人臉頰，高興的說：「下個禮拜，跟我一起學音樂的朋友家開PARTY，我們一起去，好不好？」

男人點頭答應。

在音樂聲中，男人正摟著一個女人跳舞，投入的程度彷彿兩人是交往多年的朋友。跳舞女人的年紀可能比男人輕一些，雖然不是頂漂亮，但有自己的風味。漂亮女生不認識女人，男人當然也不可能認識女人，但是看他們親熱的摟著跳舞的模樣，完全不顧旁人，非常投入。所以，漂亮女生吃醋了，她一生氣，從

PARTY裏逃開了。

男人追出來。

「為什麼生氣？」男人問。

漂亮女生只顧走她的路，不回答。

「為什麼生氣？」男人再問一次。

漂亮女生哭出來了，她說：「你為什麼跟那個女人跳舞跳得那麼親密？」。

男人笑了，他說：「PARTY 本來就是好玩嘛！而且你不是說過，我可以跟別的女人玩在一塊兒，有自己的空間……」

漂亮女生還是哭著說：「如果我看不見的話，你要怎麼跟別人玩，那是你的事；可是至少在我面前，我不要這樣的個人空間，我不要距離……」

男人一聽，皺著眉頭，直說：「我就說嘛，這樣行不通的，行不通的……」

漂亮女生只是忙著掉淚，忘記自己早已想好的台詞，為自己的立場，跟男人做辯解。

白色指甲油

朋友對女孩說：「唉喲！你知道嗎？很多人都是男朋友在當兵時，就提出分手耶！你幹嘛那麼笨，這時能玩，你不玩，等什麼等嘛！」

女孩嘟著嘴巴，露出一副天真的笑容說：「我幹嘛要跟大家一樣呢？讓我的男朋友跟別人去嘗試兵變的痛苦，他是我愛的人啊！」

朋友接著說：「拜託，你才幾歲啊！難不成你連婚紗都看好了？」

女孩只是笑。她的笑像春天的天空，讓人不自覺的感染她的快樂。

女孩今年十九歲，剛從學校畢業一年，白天在一家私人公司做助理祕書，晚上則到補習班上課，打算今年夏天再考大學。女孩跟一般時下的年輕人沒有兩樣，喜歡追求時髦，打工賺的錢，幾乎都回饋給名牌服飾。她曾經為了買一只

「GUCCI」的手錶，而苦苦存了半年的錢，也曾經為了買「DKNY」的背包，而吃了一個月的泡麵。不同於一般女孩喜歡「HELLO KITTY」那麼隻小貓咪，她喜愛的是卡通人物「櫻桃小丸子」，所以，她給自己起了個綽號叫「小櫻子」。

小櫻子工作時很有禮貌，也很認真。但是玩起來時，她可是「輸人不輸陣」，瘋狂的很。她沒事也會約朋友到KTV飆歌，凡是最近流行的國語歌曲，她都能唱上兩句。她搶麥克風的速度夠快，夠狠，整個晚上都可聽到她那五音不全的歌聲，充斥在KTV的包廂裏。朋友笑她唱歌比某個工地秀女王還破，她一點也不在乎，她常給自己找台階下：「唱歌就是要HAPPY，就像王菲的歌——我快樂，於是你快樂，如何?」「錯!應該是——你快樂，於是我快樂。」朋友齊聲說。但是，就像她說的，她一點也不在乎。

小櫻子跟男朋友從學生時期就開始談戀愛。儘管她甜甜的臉蛋，常引來一堆追求者，但她總是跟對方明白的表示，她只愛男朋友一人。她也不想跟這些追求者做普通朋友，因為這種友誼實在很難存在。對於愛情，小櫻子不喜歡跟現在的年輕人一樣，追求刺激短暫的速食戀愛。她喜歡愛情是「長長久久」，可以一輩子相守的。對於兩人的未來，她還沒有打算開始做計畫，至少也要等男朋友從軍隊裏退伍以後再說。

朋友約小櫻子出來逛街。

「喂！你有沒有打算買什麼？」朋友問。

「沒有，我們邊走邊看囉！」小櫻子答。

「那麼——，去哪裡逛呢？」朋友再問。

小櫻子聳聳肩。

「你知道你給我的感覺像誰嗎？」朋友問她。

小櫻子回說：「不知道。」

「帕妃」，朋友直接說。

小櫻子聽到後，尖叫起來：「啊！你怎麼知道？我最喜歡帕妃了。」

朋友白她一眼：「我就知道，一提到帕妃，你的精神就來了。好了，現在可以說去那裡逛了吧！。」

「公館好了」，小櫻子拍拍手說。

「你幹嘛擦白色指甲油，看起來完全沒有血色……」小櫻子男朋友說。口氣雖然很淡，但是臉上卻不自覺的露出甜蜜的笑。

「你好不容易才放兩天假，我又剛見到你，你應該跟我說一些甜言，不要急著抱怨指甲油的顏色……」小櫻子委屈的說。

男朋友靜靜的，沒有接話。

小櫻子拉著男朋友的手說：「白色指甲油不好嗎？我覺得白色就像夏天一樣，我把夏天擦在指甲上，它會提醒我，明年夏天你就要退伍了。」

男朋友溫柔的看著小櫻子，並握緊她的手說：「你是我的夏天，我把夏天收藏在心裡頭。」

說完後，兩人深深對看著，那眼神好像在說：「我們找到永恆。」

隨手心情

隨 手 心 情

當東方遇上西方

是邂逅，是宿命，註定
糾纏～一生一世。

莉莉安娜

莉莉安娜是美國人，剛剛到台灣一年。

莉莉安娜留有一頭栗子色的頭髮，臉蛋雖說不是頂美，但靠著白皙粉嫩的皮膚，也可以讓人在乍看之下頗有驚艷的感覺。不過，她最叫男人感到迷戀的不是她的臉蛋，是她那一雙又白又修長的美腿。只要她著短裙或短褲往任何一個角落一站，沒有人能願意錯過欣賞她那雙美腿的機會。莉莉安娜就像多數女人一樣，對自己的優點很敏銳，對於展示自己的一雙美腿，她既愛惜又得意。

莉莉安娜雖然是個老外，但是對東方文化卻懷抱著很大的熱情，尤其是中國人的傳統習俗。她一直很希望有機會，可以再深入學習中國文化，了解中國人的生活習性，而不是靠學校裏學的幾句簡單的中文，就把她對中國文化的興趣給打發了。所以，大學一畢業，她便馬上申請到台灣學中文，好一圓自己的夢想。

莉莉安娜來台灣一段時間後，也開始慢慢的認識一些在台灣學中文的老外，以及結交一些台灣朋友。也許因為醉心中國文化，所以莉莉安娜在內心裏會做些文化差異的調整。她喜歡中國女人的嬌羞，她也愛中國人所謂的含蓄，在學中文的過程當中，她逐漸把自己當做中國人來看待。她的生活習慣跟著她的調整而更動，在改變的過程裏唯一的不變是她每個禮拜上教堂的習慣。

莉莉安娜雖然稱不上是虔誠的教徒，但為了減緩自己想家的心情，為了多認識一些朋友，她還是固定每個禮拜天上教堂做禮拜。就在一次偶然的機會裏，教友幫她介紹一份工作，在天母一家洋人聚集的PUB裏面做一名女侍，也因為這個機會使她認識了常去這家PUB消費的台灣男友。

台灣男友是個攝影師，比莉莉安娜大幾歲。由於經年累月在國外工作，使得

他能說一口流利的英文。他們的交往是莉莉安娜主動開始的，先是莉莉安娜約他，攝影師並不拒絕，他們便開始經常約著見面。攝影師對莉莉安娜並沒有一見傾心，只把她當做是他認識的女人裏其中一位。攝影師對感情有他的顧慮跟習慣，一來他是個工作時間不固定的人；再者，他是搞流行創作的人，對於感情的事，他習慣抱著「船到橋頭自然直」的想法，不願花太多時間去煩惱。倒是莉莉安娜對他的感覺來得強烈些，尤其當她認識攝影師的時間越長，她對他的感情也越投入。有了感情就會有幻想，莉莉安娜希望跟攝影師的交往能固定下來，她期望自己有一天能夠成為一名真正的台灣媳婦。不過，她也很清楚她的想法只能放在心裏面，因為她知道攝影師的心還在猶豫不決的階段，她明白他對她沒有太多的期待。他認為他們就像兩根在海上漂流的浮木，遇上了就在一起，但誰曉得那天遇上洪水，會不會把兩人又沖散了呢？想那麼多不是自討苦吃嗎？

莉莉安娜是很用心經營這段感情的，在她的努力之下，攝影師終於點頭答應交往，唯一的一個條件是先別談「永恆的誓言」這檔事。莉莉安娜答應了，而且為了日後的幸福，她更加努力學習中文。自從他們決定彼此相許，莉莉安娜除了上課，打工之外，剩餘的時間幾乎都奉獻給攝影師。她偶爾也會抽空到攝影師的工作室看看他工作的情形，當然她最不放心的是工作室裏晃來晃去的美女，她不曉得她的男人會不會在工作的空檔裏和這些人調起情來。

人最擔心的事常常會成為生活裏的惡夢，而這個惡夢若不能擺脫，莫名其妙的就會變成事實。而這件倒楣的事很不幸的就發生在莉莉安娜身上。那天晚上，莉莉安娜原來約了攝影師一起吃飯，但是攝影師說有工作在趕著交差，不能見面，為了怕莉莉安娜失望，他答應隔天晚上一定補償她。不知怎的莉莉安娜覺得自己當天晚上非見他不可，她像個可愛的小情人，決定給自己的男朋友一個「驚喜」。下班後，她特意回到住處洗了澡，上了妝，並且穿了一件緊身的連身短裙，把她的身材完完全全的曝露出來。尤其是她那雙雪白的美腿，配上一雙黑色

透明絲襪後，簡直可以媲美電影「PRETTY WOMAN」裏，茱莉亞羅勃茲在海報上的那雙超級美腿了。莉莉安娜平常不太輕易做這樣的打扮，為了博得情郎的欣喜，她願意放下身段。

當她踩著高跟鞋，愉快的爬上第五層樓，她的期望是正在努力工作的男人會停下手裏的相機，張開嘴吃驚的望著她，然後給她一個最快樂的暗號，要她在一旁等著，不要走掉。她的氣還在喘著，她的臉頰夾著一片紅暈，她的心跳正在加速前進，但是當她打開門時，她的一切幻想隨著打開的門迅速消失，她跌坐在地上，一臉難堪……

在微微亮著的工作室裏，兩個美艷的外國女模特兒，一絲不掛的跟男人躺在榻榻米上。他們三個人一見莉莉安娜走進來全都尖叫起來，兩名女模特兒抓起地上的衣服，馬上衝進更衣室。攝影師起身穿上衣服，又坐回地上，不吭一聲，等著莉莉安娜開口。他們兩人雖隔著距離，但是卻可以聽到彼此的氣息，從氣息聲裏可以猜得出來莉莉安娜的憤怒和攝影師的不安。在沉默的等待當中，女模特兒已經穿好衣，壓低腳步聲的開了門，快步跑了出去。

等女模特兒走後，莉莉安娜才開口：「為什麼？」攝影師說：「那些模特兒一結束工作，自己纏上來了。」莉莉安娜聽著卻沒有開口。經過很久很久之後，她才說：「我們算不算完了？」攝影師沒有接話。莉莉安娜再說：「我真的以為你不一樣？」攝影師笑了，他說：「一旦情慾上身，什麼人都一樣。我自然也無法抵抗美女的誘惑。」他停了一下說：「我們完不完，在於你。就像我之前說的，不要跟我談婚姻，其他的好辦。能在一起最好，否則你自己選擇最快樂的相處方式，想清楚了我們再決定，我不勉強。」

莉莉安娜起身，拍拍身上的塵土。她說：「這種事我沒有辦法一夜之間就想清楚，但是我在台灣還有半年的時間可以想。所以，我不急著做決定。」說完後，拉了拉裙子，扭頭就走。攝影師從後面看著她離去，才發現她刻意的打扮，於是對著她叫：「嘿，你的裙子短得真美。」說完，門剛好跟著關上。

隨手心情

紅酒

女人坐在電腦前讀著她剛收到的E-MAIL，她的瑞典情人寄來的。女人仔細的閱讀男人所寫的每一句話，每看完一句，她便點頭表示認同。她的嘴角一直掛著笑意，顯然她愛這個男人很深。

瑞典男人原來被公司派到台灣工作。剛到台灣時，他對台北的交通很痛恨，每天都在想法子調回瑞典。公司同事後來開他的玩笑：「台北美女這麼多，而且好多美女都會對老外主動投懷送抱，你幹嘛這麼急著回去？搞不好你就註定娶個台灣老婆，在台灣定居……」瑞典男人每次一聽到這些話總是急著答辯：「台北不是給人住的，生活品質亂糟糟，我住不習慣。」同事跟他的無聊對話，常常在瑞典男人的批駁中無趣的結束。

台北的居住品質雖然不是很好，但是它的夜生活可不少。這些離家在外的老外最高興的事莫過於周末的夜晚，約了一班朋友上各種場所消耗他們的精力，當然最重要的是試試自己的運氣，看有沒有艷遇發生。瑞典男人也是普通男人，一說到有美女聚集的場所，他的精神馬上為之一振，刻意穿了一套帥氣的衣服，隨著同事來探訪台北的美女和夜生活。第一次出巡，就有不錯的成績。美女果然名不虛傳，個個都時髦，個個都漂亮。而且同事說的的確不假，這些能說上幾句英文的台北女人都很大方，對於他們這些外國人都很熱情，瑞典男人簡直開了眼界。還有不少跟他搭訕的女人都留了電話號碼給他，他興奮的情形簡直就像入了寶山，有取不完的寶物一般，自己都不知道應該怎麼辦？

瑞典男人雖然對台北的生活品質還是不滿，但的確沒有先前抱怨得那麼厲害。尤其周末一到，他的心情會變得更好。這一晚，他照例跟著同事上PUB喝一杯，當幾個大男人正愉快的喝酒聊天時，他們突然被隔壁桌傳來的笑聲給打斷。

他跟同事同時回頭，看見幾個女的正自顧的喝酒嬉笑，完全不顧旁人的眼光。更使男人注意的是這幾個女人衣著光鮮，談吐不俗，他的興趣被挑起，他跟同事挑挑眉，同事搖搖頭。瑞典男人便站起來，單獨走過去。他對著裏面最美的那一個女人說：「你們笑得這麼大聲，是不是故意引起旁人的注意？」女人挑起她那一對細細的眉，回著說：「如果你是刻意找女人搭訕，我已經有男朋友了；如果你只是閒聊，不妨坐下來，我們並不反對。」男人似乎被女人的話給激怒了，他並沒有馬上坐下，只是很客氣的說：「你們是坐在這裏等男人搭訕，然後又故意給人家難堪？」男人說完後還不走，只見坐在最美的女人身旁一位留著學生頭的女人開口笑了，瑞典男人看她，她直言不諱的說：「她說的沒錯，而你也說對了。」瑞典男人看著眼前這位不俗的台灣女人，對她說話的方式倒是很認同。他說：「我請你喝一杯，你願不願意？」女人點頭說：「喝一杯沒有什麼大不了的。」

瑞典男人跟留學生頭女人的認識過程就是這麼簡單。不過，日後他們卻因為

談得來而常常約了見面。瑞典男人老在女人耳根上開玩笑說：「過兩年我就要調回去了，不要對我太認真啊！」女人聽了就點頭直笑。有天晚上，女人約瑞典男人到她的住處吃飯。她說她要煮一頓好吃的中國菜請他嚐嚐，男人當然有點受寵若驚，不過仍欣然赴約。男人雖然沒有刻意打扮，但是當女人開門時，仍舊被他的穿著嚇一跳。她笑笑的說：「我做的菜也許可以跟外面的貴餐館比一比，但是我這破爛地方可不敢……」男人笑著接口：「我的穿著是為了配合你的菜，不是你的地方。」男人說完話隨即把他手裏的紅酒遞給女人。女人接過酒問他：「那麼這酒又是為著配合什麼？」男人不假思索的脫口說出：「你的美麗。」男人不解自己怎麼會說這話，話說出口又故意裝做沒這回事。女人似乎懂得他的想法，也故意裝做沒聽見這話，拿了酒直接往桌上擺，便招呼男人說：「Please,help yourself。」

女人其實沒有做什麼大不了的佳餚，桌上僅擺著幾樣平常的家常炒菜，唯一比較特別的是她按照廣東人蒸魚的做法，蒸了一條新鮮的石斑宴請男人。男人真是愛煞了，顧不得禮儀，大口的吃了起來。兩人吃到盡興，開了酒，又吃又喝又聊，比在飯館吃得還開心。女人沒有想到男人這麼捧場，心情不知不覺的變得非常好，心情一好，人看起來就更美。女人一美，男人的眼光就捨不得移開，整個晚上一直跟著女人的身體轉，女人被看得也情不自禁的陶醉了。男人一靠近，往她的臉頰一親，女人也就跟著熱情回應，愛情的火花瞬間燃起，男人跟女人顧不得往後的離別，激烈的相愛起來。

也許就像同事所說的：「搞不好你就註定娶個台灣老婆，在台灣定居……」男人被調回去前，他仔細的想這些話對他的意義。他抱著女人說：「給我一些時間處理好瑞典的事情，事情辦好了就回來台灣。我會跟公司爭取調回來，然後我們……」女人沒有聽完男人的話，淚水就開始流下。她點頭，男人說什麼她都點頭，他們約好了每個禮拜固定通一到兩封的E-MAIL，報告彼此的近況，大家要

誠實坦白，女人抱緊男人說「好」。

女人讀著男人的信，用手指算一算日子，還有一年多，他就要回來跟她相聚。雖然她已經苦苦的等了一年多了，但看完信後，她在心裏笑著說：「為了一輩子相處，這一年多的等待又算得了什麼。」

陽光男人

男人是澳洲人，長得高大健康，笑起來有一口雪白的牙齒，他的笑容讓初次見面的人便感覺很親切，女人覺得自己會愛上他，大概就是因為這個原因。

女人坐在電話旁，重覆聽男人的留言，她被男人的話給弄糊塗了，她自言自語的說：「什麼意思？他說他愛我。那麼先前的叫囂怒罵又算什麼？」女人坐在那兒兀自哭了起來，想起這一個月以來所受的煎熬，她沒有跟誰吐露她內心的苦。朋友以為她跟之前沒有兩樣，分手就分手，一點也影響不了她的生活。反正她對感情向來就不是那麼在意，她也沒有想過婚姻這件事，她覺得一張紙，就把兩個人綁得緊緊的，實在有些可笑。但是朋友這次卻錯看了她，她活了二十幾歲，第一次她真正感受愛一個人愛到可以為他改變一切的滋味是什麼？以及愛到

不能忍受見不到他，聽不到他聲音的失落感又是什麼？

女人跟男人是在朋友的聖誕派對裏認識的。那天晚上一屋子的男男女女，各色人種都有，大家分別用中文，英文混著交談。由於大家都花盡了心思把自己裝扮起來，因此男的看起來順眼，女的看起來明艷，一屋子的俊男美女叫人看得眼花撩亂。女人既是來玩的，當然不會太客氣，遇見誰就跟誰喝酒，跳舞，管她／他姓什麼，叫什麼名字？女人是經由朋友的介紹才認識男人的，男人一見到她，就溫和的執起她的手，在她的手背輕輕的吻了一下。女人當時還覺得這男的真的很會做態，等男的一露出笑容，她就沒法抵抗了。男的簡單的自我介紹過後，女的便把自己很仔細的向男人介紹清楚。之後，接下來的PARTY裏他們的眼裏就沒有別人了，女人貪圖男人的擁抱，一個晚上都不願出讓，就算朋友笑她，她也不管。

男人是外國人性格，舞會一結束，就什麼都結束，他沒有再跟女人聯絡，也忘記女人叫什麼名字。所以當他接到女人的電話時，他實在記不起來女人到底是誰？他自己也有些尷尬，趕緊解釋：「你知道要外國人記東方人的樣子是需要時間的……」女人開玩笑的說：「沒有關係，你請我吃飯，看到我你就會記得我是誰？在PARTY裏我們玩得很開心。」男人一口就答應，並且為了表示「忘記她」的不禮貌行為，願意請她上台北又貴又好的義大利館子，女人聽了非常開心。

女人也覺得自己跟男人的發展太快，但是她沒有辦法抗拒男人的熱情，尤其當男人咬著她的耳朵求她時，她根本不能對他說出一個「不」字。很快的，女人就願意從家裏搬出來跟他一起生活。父母親雖然很生氣，但是小孩大了，自然管不住，更何況自己女兒的個性他們比誰都清楚，若是來硬的，恐怕連「親情」都可能保不住。既然管不住，當然只能希望女兒過得好，因此對男人也就隔外親切，包容。

朋友對於女人跟男人共同生活一事沒有持太多反對意見。但是當女人告訴他

們，她要辭掉工作幫男人照顧店裏的生意時，全部的人都說「NO」。其中一個個性比較率直的朋友開口：「你神經病啊！你以為這些老外跟你玩真的。我不是詛咒你們的感情，但是你們之間如果有個萬一呢？你幾歲了，你以為現在外面那麼好找事做。還是你認為你的條件特別好？想清楚……」女人說：「我就是想清楚了才跟你們說的。你們以為我來跟你們商量的嗎？而且我這次是認真的，我希望有個結果。我不想感情的事就一直這樣飄浮不定，我也會想過有個人可以依靠的時候，你們有沒有替我想過呢？」朋友聽她說得如此冠冕堂皇全都笑了出來。女人憤憤的說：「你們不相信也就算了，何必取笑我呢？」朋友吐她槽：「你哪一次不是認真的，我們每次都等著喝你的喜酒，你已經放了我們好幾次鴿子了。」女人白了朋友一眼，細聲的說：「你們等著看吧！」

女人跟男人大約一起生活半年後，她漸漸開始發現男人隱藏在他如陽光般的笑容下的缺點。她並不怨男人，男人從沒有隱瞞她，而且每個人都有優缺點，她也一樣。但是她最不能接受的是男人經常在她眼前抱怨，生意不好，他的負擔很重等諸如此類的話。心情好時，她會安慰他一兩句，這個話題就過去了。但若是脾氣一來，她會用嘲諷的口吻激怒男人，結果總是兩個人口出「F」開頭的髒話，把彼此罵夠了才休兵。她覺得自己沒有辦法跟他這樣的人相處，但是她的處境是騎虎難下，自己也不想離開他。直到有一天晚上，女人哭著奔向朋友的住處，痛哭失聲的說男人打了她，朋友才理解女人這幾個月的感情生活是怎麼渡過的。

「人是經過相處才能確信能不能包容各自的缺點……」，女人哽著聲音跟朋友這麼解釋。朋友責罵她：「事情這麼嚴重了你才說，有個屁用？」女人委曲的回說：「我怕你們笑我，你不能理解，我真的愛他。他雖然脾氣大了一些，但他還滿照顧我的。他也教我認識很多東西，教我如何做生意，我跟他在一起不是沒有快活的時候。而且我們講好了，明年回澳洲去看他的家人，我相信他也愛我。」朋友生氣的說：「你去照照鏡子，看看你自己現在的樣子，眼睛黑一圈，嘴巴腫

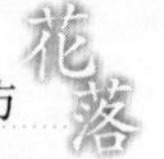

一邊，你以為這是扮家家酒啊！小姐，他打你耶！」女人趁朋友話還沒說完前，開口頂了她：「台灣男人不打老婆？」朋友停在那兒，想找話頂回去，想了半天，沒有想出什麼，最後只好說：「那你回去，不要待在我這裏。」女人坐在那兒不動，她心裏很清楚，若叫她做選擇，她還是相信自己多年的好朋友，最主要的當然是她對男人沒有太大把握。

女人聽著男人的話，真是迷惑的很，男人說了一堆，就是沒有道歉，光是愛她有什麼用？女人想起男人的笑，她在心裏想著，如果他的個性像他的笑容一樣有多好。

千元大鈔

女人在打開門之前，先打開皮包，掏出一張千元大鈔，往一個透明的玻璃盆裏一丟，才出門上班去。這是女人跟她洋人男友共同決定的生活方式，她年輕的時候反正是從國外念書回來的，這些洋人習慣她沒有什麼感覺，只要大家覺得方便就好。

女人今年四十出頭，早已過了玩樂的年紀，但是對於目前的感情她也沒有抱持太多幻想。她如今只想趕快賺錢，早一點存夠小孩的教育基金，以及自己將來的退休老本。至於其他的事，她是走一步算一步，只要不再受到傷害，怎麼樣都好。

女人家裏環境好，父母親對她是要風得風，要雨得雨。對她的要求能滿足就

儘量做，只要女兒高興就好。因此女人從小就過得很出色，除了本身長得討喜外，她自己也很爭氣。從小學起，她在學校的功課就讓父母親感覺很滿意，而父母親好像也早就料到女兒很能念書，打從她一上小學，就開始為她準備將來出國留學的費用。女人倒沒有令她的父母親失望，高中，大學都考上一流學府，像她具有如此優越條件的女人，親朋好友對她的未來彷彿都很有把握，總認為她日後一定會嫁得很風光。每回有客人到家裏做客，見了女人的面總要誇她，說她將來至少也得嫁個醫生或博士，才配得起她的條件。女人母親聽了總是笑著說：「千萬別這麼誇她，我跟她爸爸只希望她將來能過得幸福就夠了。其他的都是她自己的命……」這真是為人父母的肺腑之言。但是很不幸的，女人真是如她母親所言，命中註定她該遇到她的前任丈夫，而使她的生命飽受折磨。

女人是在美國念書時認識她的前夫的。他們兩個人當時在同一所學校念書，透過教授的介紹才認識。女人比男人大一歲，書念得比男人好，做事比男人成熟。父母親並不看好兩人的交往，但是女兒喜歡，他們也就答應了。等女兒一拿到碩士，他們馬上為女兒在美國舉辦了一場風光的婚禮，這場婚禮是讓女兒熱熱鬧鬧的嫁出去。但是，也是她不幸的開端。

女人先在一家美國公司找到事做，好讓前夫繼續念他的博士學位。也許是念書的壓力太大，也許前夫本來就是個個性不穩定的人，每當女人晚回家時，前夫便開始找碴，用各種方法逼問她是不是在外面有男人？女人問心無愧，聽不得他的羞辱，當場便跟他大吵。若光是吵也就算了，但是男人吵到失去理智時，拳頭會像下雨般直落在女人身上。女人吃了這種苦頭還不敢跟父母親哭訴，她是愛他們，怕他們擔心，所以不能開口。吃過幾次拳頭後，她的愛情便被打醒，她想不透前夫一張秀氣斯文的臉，為什麼一失去理智就像一頭猛獸般，令人害怕心寒呢？女人想，她要的不過就是一個平靜的家庭生活，若得不到，這個婚姻實在沒有存在的必要。

女人是想清楚了，正當她瞞著前夫，跟著律師悄悄的討論離婚手續時，她竟發現自己在這個節骨眼上懷了孕。她先打電話回台灣向父母親報備，兩位老人家一聽高興的很，直說要來美國看孫子，女人不想讓父母親失望，只好打消離婚的念頭。她想也好，就讓小孩來改善兩人目前的處境吧！她回到家跟前夫說這個好消息時，前夫也很高興。不過，一想到小孩一來就會增加家裏的負擔，他的眉頭又開始皺起來。他問女人：「你是不是故意在這個時候有小孩？早不有，晚不有，就在我快拿到博士學位時你就懷了小孩，這樣我還能專心念書嗎？」女人一聽火大了：「你能念就念，誰阻止你了。何況這些日子還不是我在供你念嗎？小孩的事還輪不到你操心，我父母親會管。」前夫一聽到女人提她的父母，火氣更大，他大叫：「你就是仗著你父母親，所以氣焰這麼高，你什麼時候尊重過我這個先生了？」女人懶得跟他囉嗦，扭頭就走。前夫一看這情形，上前就是一耳光，女人一火，顧不得有孕在身，就跟他扭打起來……

女人閉著眼，安靜的躺在病床上，父母親坐在一旁，憂容滿面。女婿則獨自站在病房外的走道上，大家都靜靜的等女人清醒過來。當女人睜開眼，無力的呻吟時，母親立刻傾身握住女人的手說：「我的寶貝女兒，怎麼會變成這樣？」女人不直接回答母親的話，卻緊著問：「小孩呢？」母親的淚流了出來，哽著聲音說：「小孩沒事。」女人吐了一口氣，閉上眼，她累得不想回答問題。

女人回來台北跟父母親住在一起，小孩交給母親照顧，自己很快的又找了事做。生活雖然沒有太多漣漪，但是總算還很平穩。女人沒有再想過感情的事，她自己也很清楚，就算再讓她有機會談戀愛，也不是年輕時候那種談法。她對感情沒有那種拼命三郎的幹勁，她想就這麼著，遇到誰就是誰了。

雖然親朋好友還是幫她介紹了幾位條件不錯的男人，但終究看不上眼。後來，她在一場會議裏認識現在的洋人男友，兩人年紀相仿，學識相當，一聊起天

來隔外投緣。洋人男友對女人的過去不甚在意，談得來就決定生活在一起。洋人跟女人擺明的說他只是暫時在台灣工作，未來兩人的關係會如何發展，他也不是很有把握。所以，他也不想現在就養女人或她的小孩，既然要生活在一起，最好大家平均分攤開支，免得日後感情生變，彼此怨恨，弄得很難堪。女人對洋人男友的建議舉雙手贊成，她自己的薪水應付所有的費用還綽綽有餘，她也不想再像從前那樣，把責任盡是往身上攬。交往時大家說得清清楚楚，若不幸分手，倒也是乾乾脆脆。

女人跟洋人男友商量好的，每人每個禮拜各投兩次，不夠的費用到時再說。千元大鈔在透明的玻璃盆裏安安靜靜的躺著，屋裏也安安靜靜的，沒有一點聲音。鈔票早晚要走出這個家門，女人的明天卻依然困在這裏。

我把孩子變黑了

女人幫女兒拉好衣服，跟她說：「寶貝，你第一天上學，一定會遇上一些新鮮的事……」寶貝聽到「新鮮」兩個字，把媽咪的話打斷了。她說：「媽咪，什麼是新鮮的事？」媽咪笑了，舉手摸摸女兒的臉頰，笑盈盈的說：「就是說你會遇到一些人，不管是同學或老師，他們可能會問你，怎麼你的頭髮這麼捲？怎麼你的皮膚比較黑？那你怎麼辦？」寶貝聽了之後聳聳肩。她淡淡的說：「就像我在幼稚園裏跟他們說的就好了。」女人聽了女兒的話點點頭。背過臉假裝拿書包給女兒，再趁機把懸掛在眼眶的淚水抹去。回過頭時，重新給孩子一個鼓勵的笑容。

女人跟女兒整理好東西，才拉著手一起出門。女人把小孩直接送到學校，為

了擔心寶貝不能應付突發的狀況，她早已跟公司先請好半天假，陪著女兒到學校。女人的神情有些緊張，她知道同樣尷尬的問題又會出現，她已經習慣，也知道如何面對。但是她的寶貝還小，她不想她那麼小就去面對外面世界的殘酷面。

女人想起十年前，當她還在外商公司做事時，她就認識寶貝的爸爸。寶貝爸爸是個黑人，因為對東方文化的熱情，他自願被公司調到台灣來工作。轉眼已經在台灣住了三年，會說簡單的中文會話。他是個充滿活力的人，對人非常真誠，尤其是對公司的女同事，他常用他特有的詼諧方式，逗他們開心。剛開始，女人還很受不了他那種嬉皮笑臉的態度，她在內心給他暗自下個評語：「絕對不是對感情很忠誠的人」，女人下了評語後又感到自己很可笑，她問自己：「他對感情的態度如何又干我事，管人家那麼多？」女人不知道自己在下評語的當時，已經對寶貝爸爸產生好感，她這麼說僅是曝露自己不能忍受他討好女人的妒意。但是女人對這一切毫無所知，何況當時她已經有個交往不久的男友。

有一天中午，寶貝爸爸路過女人的辦公桌，他隨口問她願不願意跟他一塊兒吃飯，女人輕微的妒意又上身。她半諷刺的說：「怎麼，找不到女人陪你吃飯？」男人聽不出女人諷刺的言語，還開心的說：「哦，不是，你是辦公室裏最漂亮的女人，能跟你吃飯是我的榮幸。」女人聽到這話，還坐在那兒不願動，是男人不停的約她，才把她說動。她拿起皮包，跟他走出辦公室。

用餐時，女人才發現自己跟寶貝爸爸很能聊。寶貝爸爸說他是看到好萊塢的電影才開始愛慕東方女人，尤其是日本女人最讓他傾心。但是他沒有機會調到日本，台灣也不錯。女人一聽這話，便故意譏笑他：「你不知道台灣女人跟日本女人不一樣。台灣女人很重視工作，但很多日本女人就算書念得再高，一結了婚就是家庭，沒有自己的生活了。而且，你的態度也不對啊！你對台灣女人的感覺好像是日本女人的替代品，怪不得你對辦公室的女人都需要特別巴結。何況很多好萊塢電影裏的東方女人形象都是瞎胡謅的，你需要實際了解東方女人。」男人被

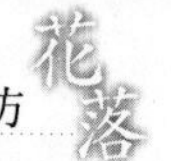

女人削得莫名其妙。趕緊解釋：「我絕對沒有拿日本女人跟台灣女人做任何比較，因為我根本抓不住你們東方女人的想法。不管我的看法正不正確，我就是純粹喜歡東方女人。再說，我也沒有對辦公室的女人特別巴結，我覺得我對誰都一樣。」

就是這頓飯吃出了友情。爾後，女人跟寶貝爸爸便經常相偕出遊，每出去一次，女人就越發肯定自己愛著寶貝爸爸。但是她沒有膽，也沒有理由帶他回家見父母親，如果不是寶貝爸爸的催促，幾次央求女人帶他回去見她的家人，在無法拒絕的情形下她才答應下來。否則，能拖就拖，她不確定父母親見到寶貝爸爸會不會就此暈了過去，況且她還有個男朋友的事還沒解決。

父母親見到寶貝爸爸沒有暈了過去，但是情況更糟，他們當場就沒有給她好臉色看。在用餐其間，女人的父親多次跟寶貝爸爸提醒她有個要好的男朋友。寶貝爸爸當然沒有想到會發生這種情況，這飯吃得他胃直作噁，飯沒吃完他就起身告辭。女人趕著在他背後出來，嘴上直說「抱歉」。寶貝爸爸問她：「嘿，你不是告訴你父母親了嗎?你爸爸一直跟我說那些話做什麼?」女人低頭沒有說話，男人覺得不對，他停下腳步，面對著女人，慢慢的問：「你沒有說，對不對?」女人搖搖頭，男人低聲罵了一句，踏著步伐，頭也不回的走了。

女人後來在父親的堅持下倉促的嫁給她原來的男朋友。婚後，她離開原來的公司，跟寶貝爸爸沒有再見過面。女人婚後沒有多久就懷了身孕，夫家跟娘家的人都雀躍不已，尤其是女人的爸爸老早便幫小孩取好名字，大家都在期待小孩的降臨。但是他們萬萬沒有想到女人會在醫院生下一個頭髮卷曲，皮膚黝黑的小女嬰時，女人爸爸這次是真的暈了過去。他怪女兒給他鬧這麼大的笑話，不僅不認孫女，連女兒也趕了出去。還是母親不忍心，把自己的積蓄給了女兒，讓她去外面找個地方重新開始。女人後來找到事，把小孩托給娛母照顧，一路走過來，也

熬到小孩要上小學的這一刻了。

女人站在窗外看著寶貝介紹她自己：「我的小名叫寶貝，因為我是媽咪的寶貝。你們一定很奇怪為什麼我跟你們長得不一樣，因為我的爸爸就跟你們不一樣。我媽咪告訴我，我爸爸是個非常好的人，如果我很乖，她就帶我去找我爸爸。我不怕跟你們不一樣，因為我覺得我頭髮捲捲的，皮膚黑黑的很可愛……」

女人聽著不知不覺得流下淚。她舉手抹去淚水，心裏很激動的說：「啊！我的寶貝長大了，可以應付這一切。我的寶貝，啊！真是我的寶貝……」

單身媽媽

時間已經很晚了，大約是晚上近十一點鐘。這是往台北車站的公車站牌，站在那兒等車的乘客並不多，而正在等車來的乘客都有一個特點，每個人都一臉疲乏，沒有任何笑容。只見女人帶著女兒站在那兒等車，她不時引領著脖子，兩眼緊盯著每輛飛馳而過的公車，每過一輛，她的眼神便要失望一次，疲乏的神情像烙在她臉上似的，看起來也就更加疲倦。倒是站在她身邊的女兒，雖然一臉睏盹，但嘴裏還在哼著歌，到底是小孩，對於明天的生活，永遠只是期待。不似大人，必須忙於奔波，才能掙口飯吃。公車緩慢的停下來，女人拖著女兒趕緊往前衝，因為用力擠開了急於上車的乘客，而引起他人的白眼，但女人似乎顧不得那麼多，她只想趕快帶著女兒上車，好找個位子坐。

女人大約三十五歲上下，留著一頭俏麗的短髮，五官看起來很普通，說不上來有什麼特色。但她還是很引人注意，因為她修長的身材。女人幾乎比一般台灣女人高出一個頭，大約有五呎四吋那麼高，不論她站在哪兒，總是讓人一眼就瞧見，像個目標一樣很容易認。除此外，她還帶個非常美麗的女兒，漂亮的小孩很多，但女人的女兒之所以吸引大家的眼光是因為她是個美麗的混血兒。小女孩有一頭淡褐色的頭髮，一雙褐色的眼珠，細白的皮膚，高挺的鼻子，以及如櫻桃般紅潤的嘴唇。她的外表任誰都可以猜得出來，父親絕不是中國人，至於是那一國人，不要說小女孩不明白，恐怕連女人自己也不是很清楚。

女人年紀輕的時候，在一家酒店裏工作，來消費的客人多數是老外。這些老外什麼樣的人都有，也各自說他們的語言，但通用語言仍舊以英文為主。女人沒有固定客人，凡是捨得在她身上投錢的，她都接。也因為這個緣故才使她有能力在台北車站附近買下一間套房，讓他們母女日後能夠有個安身的地方，免於流離的痛苦。當然，女人當時買房子是沒有想得這麼周密，這麼遙遠。她只想把自己利用身體賺來的錢存下來。又因自己沒讀什麼書，社會上的常識，陷阱一概不懂，保住錢的最好方法就是拿來買房子。小孩來的意外，但是小孩的存在剛好給自己一個藉口，早日脫離出賣靈肉的日子。

女人不清楚自己怎麼走上這一行，想來總是錢好賺吧！她剛到酒店工作時，一句英文也不會，反正來花錢的老外要的是開心，而不是交談，她也就這麼混下來了。等做了一段時間，有些熟客會開始教她說一些簡單的英文單字，她就認真學，雖然她不是很明白自己學了英文之後能做什麼，但她的腦子裏總是認為反正學了就一定用的上。後來學上癮了，她自己還自掏腰包，跑到私人補習班，坐在課堂上從頭學起。

也許英文的進步幫了她忙，找她的客人不再僅是跟她談交易，有些比較細心的老外也會開始找她談心，甚至在工作之餘約她出去。女孩子本來就有一些虛榮心，尤其像女人這樣的人，從小就被歸類在普通長相的範圍裏，男孩子追求的機會原來就不多。何況是自從她走上這一行後，長期下來簡直忘了時麼叫「約會」。如今這些口袋裏有一疊疊鈔票的老外，居然不太在意她的工作，還單獨約她出去，這種境遇讓她的情緒飛上了天。她無法拒絕每個約她出去的老外，甚至當她的興致特別好時，她還把自己當禮物給送出去。她忘記她的身體是她賺錢的工具，她忘記客人跟男朋友的不同，就算她心裏真的清楚，她也不想去管，就讓她暫時享受這片刻的歡愉，就讓她滿足學生時期被忽略的空虛。但是貪圖歡愉是要付出代價的，就是在這樣的情況下她有了身孕。

當醫生告訴她，她有了兩個月的身孕時，她瞪大了眼，張開了口，跌坐在椅子上，雙腿發軟，整個人無力站起來。從醫院出來，她額頭的汗水在十二月的冷天裏卻像雨一般的下。女人用力咬著牙，以免自己忍不住時哭出聲來。她像個遊魂一樣在台北街頭遊蕩，幾次走到醫院門口，打算拿掉小孩，但每次一見到挺著肚子的母親，她的步伐又猶豫的停下來。她在心裏哭著：「孩子，你要我怎麼辦？我連你的爸爸是誰都搞不清楚。如果勉強生下你，我要拿什麼養你？」女子一邊思索，一邊走著，最後還是決定先回到家，再做打算。當女人看了自己的存款，再對著鏡子看了自己的容顏後，她還是下定決心把小孩生下來。存款夠她們母女活個幾年，對於年華已逐漸凋謝的她來說，生個小孩也許是命中註定，對自己的未來不要放棄的一個寄託吧！

小孩生來之後，女人才發現養小孩不能全憑自己一片熱情，這是個需要錢跟耐心才能做好的工作。眼見著日益減少的積蓄，她開始發慌，想到外面找事又不知從何找起，再回去老本行嗎？她已經是個孩子的媽了。坐在家裏擔憂還是解決不了問題。買了報紙，打開職業介紹欄，她一欄一欄仔細的找，找來找去還是只能找回老本行。她跟自己說：「再給我幾年的時間就好了，等賺夠了錢，就去經

營個小生意，把小孩養大了算數。」

這些年女人就是靠著自己的身體，賺錢，存錢，養小孩，白天她通常自己帶孩子，傍晚時交給褓姆，然後再去上班。下班後，她先到褓姆住處接小孩，再同孩子一起回家。褓姆那兒她多付了一些錢，一來可以堵住人嘴，再者孩子也可以受到好一些的照顧。女人儘量省下每一分掙來的錢，所以連交通工具都選擇最便宜的公共汽車。

女人帶著女兒擠上車，靠窗的地方剛好空出兩個坐位，女人拉著女兒趕緊坐下。打開窗，一股涼風立刻吹過臉龐，女人輕鬆的吐了一口氣。看著乖乖的坐在一旁的女兒，女人覺得很不捨，她摸著孩子美麗的臉蛋，女兒像隻小鳥一樣溫馴的靠在她身上。她對女兒說：「你先閉著眼睡一覺，到家後我再叫你。」女兒點頭。女兒閉上眼睛睡不著，於是又睜開眼，她跟媽媽說：「媽媽，我今天很乖。」

女人笑著點點頭。女兒接著用嬌氣的口吻說：「媽媽，你說如果我很乖，就可以去看動物。」女人似乎想起自己很久以前，曾對女兒說過這個承諾，女兒大概在心裏憋了很久了。女人親了女兒臉蛋才說：「媽媽這個禮拜就帶你去，好不好？」女兒一聽，立刻高興的拍拍手。拍閉，她往媽媽身上一靠，滿足的閉上眼睛。

她的愛情沒有明天

女人早就知道「她的愛情沒有明天」，但是偏不死心，硬把自己往愛情的慾火裏推，等到自己的相思氾濫成災，她就只能辭了工作，跑到英國去探望她那個逃回英國的小情人。這樣繁瑣的做法已經有過一次，女人不知道自己這次是不是應該再這麼做？但是「相思」是想也痛，不想也痛。與其承受見不到的痛，還不如飛到英國，讓小情人澆熄了自己的慾火。就這樣，女人做出她自認為完美的決定，她說：「明天就遞出辭呈。」

隔天一早，女人在主管桌上擺了她的辭呈後，雀躍的跟同事宣佈她打算離職一事。幾個平日跟她比較有往來的女同事紛紛的問：「為什麼？」女人笑咪咪地說：「不為什麼，就因為她打算去英國看她的男朋友。」這些女同事一聽，全都叫了出來：「啊！你神經病嗎？跟老外玩真的。他比你小四歲耶，你想想看，過幾年，等你跨入三十大關後，人家還在享受二十幾歲的青春歲月，你可以接受嗎？」女人對於同事一桶澆下來的冷水，大不以為然，她辯解的說：「虧你們這群人還是大學畢業，腦筋怎麼就跟漿糊一樣。小我四歲又怎麼樣？我又沒叫他養。談個戀愛也要考慮這麼多，那戀愛怎麼會有情調呢？」女人說完後，停下來看看大家。其中一個女同事，堵她的話說：「我們是沒有情調，但是上回從英國回來後大哭的人又是誰？」女人被堵得啞口無言，她笑笑的說：「這次不一樣。我是下定決心要尋求一個結果。沒有付出，怎麼會有收穫？」大家眼對眼，看來看去都沒有開口。久久才有人問女人：「那你打電話跟他說了嗎？」女人自顧的說：「沒有。不過，你們不用擔心，他絕對沒有問題。我臨上飛機前會通知他」說完後，女人哈哈的笑了兩聲，好掩飾自己的不安。其實她不說穿誰都明白，她不打電話徵求小情人的同意，決不敢貿然飛過去，她故意這麼說也不過是想放話給同事，她對自己的小情人有把握。

女人是在三年前認識她的英國小情人。當時她在台北一家滿大的外語中心做事，男人白天在師大學中文，晚上則在這家外語中心教英文。情愫是經由長時間的相處才逐漸產生開始的。男人一開始很欣賞女人幽默的談吐，他一鼓起勇氣追求女人時，就跟女人表明他喜歡獨立，有主見的女人；他還強調的說他很怕黏人的女人，女人太黏他，他會覺得很害怕，感情的事他希望慢慢來。女人一口就答應下來，她覺得這些條件對她來說都不是問題，她還在心裏取笑男人：「男人怕被黏，女人難道不怕嗎？」女人在意的是她的年紀，既然男人連提都不提，女人就把這個憂慮拋到天邊，放開懷的談起戀愛。

談戀愛可不像吃頓飯那麼容易。女人每天面對男人，看著她的男人跟別的女人在辦公室裏談天說笑，要她不去在意可不容易。醋意的產生通常是沒來由的，有了戀愛的感覺，要女人用平常心態去面對獨立自主更是一件困難的事。女人知道自己不能控制自己的妒意，但又不能失去當初答應男人的承諾，只好把脾氣放在心上忍著不說。但是不說出來也無法安撫自己，因此她常常給男人出莫名的難題，剛開始男人只當她情緒不佳，還會順從的安慰安慰她，但半年的時間相處下來，女人老是需要男人安撫，男人便漸漸覺得有些意興闌珊。反正學中文對他來說只是興趣，不是必須，他若想離開隨時可以走人。他曾經暗示過女人，但女人似乎沒有弄清楚他的本意。或許當時他並沒有交待的很清楚，但是男人不想等跟女人的關係搞得很僵後再來說明。男人找了一個適當的時機，便跟女人提出要淡化兩人的關係，女人一聽，宛如晴天霹靂。她並不吵鬧，只是拼命流淚，男人畢竟還愛著她，不忍傷害她，在無可奈何的情形下，只好坐下來平心靜氣的談論兩人的愛情今後該何去何從。

女人答應改善，男人沒有話說，兩人於是維持原來的男女關係。雖然女人後來仍極力克制的情緒，但同樣的情況還是照舊發生，兩個人在半吵架，半包容的情形下，又相處了一年。適巧，這時男人的朋友約他一起到尼泊爾一帶做一趟探

險，男人很雀躍的答應下來。當天晚上他找到女人，說明情況，並要女人放棄跟他的愛情。他打算從尼泊爾探險結束後就回英國，兩個人的未來太渺茫，他擺明的說他不想要無法預測的未來。男人一離開台灣，女人馬上就換工作，後來就到一家貿易公司任職。

男人走了，但還是跟女人用E-MAIL保持聯絡。男人後來回到英國，女人去信說想到英國遊玩，沒有地方住，男人答應她可以讓她借住。女人開口跟公司辭職，她原先的打算是想說服男人改變心意，藉此留下來。她不是特別愛英國，是因為她對男人的感情使她打算放棄自己的故鄉。但她沒想到公司不要她辭，卻答應讓她請一個月的假期，讓她到英國會情人。女人興致勃勃的出國，不過卻哭著回台灣。男人心意很堅決，除了朋友的情誼可以維持外，其他的他不想談。女人回來後，繼續努力工作，對於英國小情人的事決口不提，同事都以為他們已經是過去式了，也就不再過問。所以當女人又提出同樣的事件時，大家覺得她又發痴想了，拼命勸她。女人其實也明白同事的心意，只是當男人又寄來一封噓寒問暖的E-MAIL時，女人對他愛情的饑渴又隱隱發作了。

回到家，女人並沒有打電話給英國小情人，她沒有勇氣打，也不敢要求他跟她復合。她只想用真情感動他，希望他最終能體會她的真心，而不要老是在嘴巴上掛著「你們台灣女人怎麼那麼黏人」的話語。女人躺在床上，想起過去她跟男人相處的情景。閉上眼，女人說：「啊！我就像飛蛾一樣，明明知道不可行，偏偏要往火裏鑽。」她問自己：「什麼時候你才願意清醒？」

洋女婿(上)

女人跟男人是同事，同在一所雙語幼稚園教書。男人是美國人，到台灣已經住了十幾年了，所以可以說一口流利的中文。女人跟男人開始共事才半年，但是直到最近才漸漸熟悉起來，原因無他，只因女人肯傾聽男人說他的心事。男人隻身在台結婚多年，最近遇上家庭糾紛，每天上班都白著一張臉，神情非常疲乏。家裏老婆大人天天嚷「自殺」，把他搞得一個頭兩個大，他實在不知應該怎麼辦？到學校後，也沒有一個談天的對象，所有的心事都只能悶在心裏，臉上神色自然就不太好看。女人到班上上課，學生跟她打小報告，說英文老師最近的樣子很兇，大家都很害怕。女人首先安撫小朋友的情緒，再決定下課後去找男人談一談。

男人年紀約四十初，看起來一臉老實。男人的穿著打扮向來很樸素，如果不是他秀出年輕時的照片，沒有人可以道出他年輕時還是個滿俊帥的男子。現在的男人僅剩微禿，還參雜著灰白兩色的頭髮，以及微微隆起的小腹，向人訴說著歲月的無情。滿臉的疲憊，看得出來工作、家庭的確帶給他負擔。至於，負擔有多沈重，恐怕只有他自己曉得。

女人是在小朋友放學後走進男人的辦公室。男人當時正背對著她，坐在辦公桌前發楞，她先敲敲旁邊的桌子，做為打招呼。男人回頭看到她有些驚訝，他問：「有什麼事嗎？」女人先客氣的說了一堆客套話，然後才不安的問：「你最近有什麼事嗎？我聽學生說你最近上課老板著一張臉。」女人在強調「板著臉」時還特別做了一個手勢把臉拉長了。男人看到這個手勢笑了出來，陌生的氣氛立刻被軟化，兩個人的心情頓時感到輕鬆起來。男人搖搖頭，苦笑著說：「我實在弄不懂你們台灣女人，有什麼話不能直接說，非要用自殺來威脅先生。」女人不明白男人指的是什麼，因此沒有接腔。男人說完這句話停下來，等著女人的反應，見女人不說話，他以為自己又說錯話，趕緊自我解釋：「對不起，我只是發發牢騷。」女人知道自己的沉默使男人不敢貿然繼續說，也趕著說：「哦！沒有關係，只要你願意，你可以說給我聽。我本來就是來問候你，看有什麼事我可以幫忙的。」男人聽完女人這麼說，隨即露出一個感激的笑容。他看看手錶，接著說：「我的故事說來話長，如果你有時間的話，我們可以一起吃飯，我再說給你聽。當然是我請你，也許你可以提供我一些意見，這是我現在最需要的。」女人聳聳肩，表示無所謂。男人說：「那就直接約今天晚上六點鐘好了。」女人點頭表示贊成。

點好餐，女人跟男人找一個比較隱蔽的位子坐下來。男人一坐下來就說，「謝謝你的關心。我最近的確遇到家庭問題，我太太快把我逼瘋了。」女人聽到這裏只是「哦」的發出一個聲音。男人既是出來吐苦水的，當然也就不客氣的大談他家那本難念的經。女人安靜的坐在那兒等著聽男人的故事，男人皺著眉頭，苦惱的往下說：「我跟我太太的問題很複雜，而且要從我們認識的時候開始說起。」男人說到此停下來，喝了一口水才又繼續說。他說：「十幾年前我剛到台灣，在靠近天母的地方租房子住，我太太是我的鄰居。那時候我誰也不認識，為了有飯吃，就到英文補習班教英文。我有時會在路上看見我太太，她那時很可愛，會對我笑一笑；我那時也很帥，看到她時會故意跟她說話。」男人邊說邊從口袋裏拿出皮夾，秀出他年輕時的照片給女人看。女人看了猛點頭，表示男人的確很帥。男人當時有一頭明亮的金髮，清澈的碧眼，健康的小麥色肌膚，笑起來有好萊塢的性感男星「布萊德彼得」的味道。他的照片（哦，可不是現在流行的沙龍照），任那個女人看了都會為之傾心。女人忍不住的問：「你那時候為什麼到台灣？」男人的故事被女人打岔，於是又從這段開始說起。

男人說：「念大學時，我跟幾個好朋友每到暑假就流行到不同的國家去接觸

不同的文化。大學畢業的前一年，我到南美洲幾個國家看一看，給我很大的感觸，原來外面的世界這麼大，大家的生活原來這麼不同。之後，我就拼命存錢，想每年都做一次這樣的旅遊計畫。因為在學校裏寫過一篇越戰的報告，我讀了許多關於一些亞洲國家的文章，使我對亞洲開始產生興趣。學校畢業後，我就開始我的亞洲旅遊。當時我去過日本，南韓，新加坡，中國大陸，香港，到台灣時我的錢已經花的差不多了，於是就留在台灣打工，想再多存一點錢。如果存夠了，也許就到越南看看，如果不想去，也許就回去。我那時有一點點累，很想早點回家。而且去過那麼多亞洲國家，我發現自己喜歡亞洲人的文化。所以，我想再回學校念我的MASTER，也許畢業之後可以到亞洲找一份比較好的工作。」男人一口氣說到這裏才停住，碰巧這時侍者剛好端來他們的食物，男人笑著說：「我的肚子餓了，我們先吃飯。吃完後，你可以再聽我講一些廢話。」男人或許真的覺得自己廢話連篇，說完這句言不由衷的話，還尷尬的哈哈大笑。女人似乎可以理解他的想法，於是安慰他說：「我是出來聽你說話的，所以儘量說。而且如果你不說，我也不會知道原來你年輕時是這麼有想法的人。」男人聽完女人的話，感慨在那一瞬間全部湧上心來。他嘆了一口氣說：「如果我沒有結婚，可能我的遭遇也會不一樣。」女人意識到自己說錯話，趕緊說：「啊！還是趕快吃飯，等一下才有力氣繼續聽你的故事。」

男人跟女人相視的笑一笑，並同時拿起桌上的刀叉，叉向盤中的食物。男人把一塊雞肉往嘴巴裏送，並點著頭直說：「好吃，好吃」，女人看到他的動作，不禁的笑了出來……」

洋女婿（下）

女人跟男人剛走進餐館時，天空還很明朗，但是飯吃到一半，天空卻突然下起毛毛雨。女人一看，細聲的叫了出來「哦—NO，你看下雨了……」男人順著女人的音調往外看：「哦，只是毛毛雨。你有帶雨傘嗎？」男人隨口問女人。女人用力搖晃著頭，不過臉上的神情看起來卻泰然的很，彷彿一點也不著急。男人於是玩笑的說：「那太好了，如果你不急著走，正好可以慢慢的聽我講我的心事。我已經很久沒有跟人家這樣說話了。」女人做出一個「Why not」的表情，男人像小孩一樣得到他想要的請求而手足舞蹈起來，連聲的說：「Great,Great……」

侍者收走盤子，並送來了兩杯熱咖啡，男人才繼續他的談話。他說：「也許是註定我要留在台灣，因為我後來遇見我太太。剛開始我們就是聊個兩三句，但碰面的機會一多，就逐漸變得像朋友一樣。我一個人在台灣，沒有人可以說話，突然認識一個溫柔的台灣女人當然很高興，所以我也會故意找一些機會，假裝跟她在路上遇見了，好跟她聊天。我太太那時候人很好，除了聊一些普通的事情，她也會關心我的生活，問我有沒有需要她幫忙的。我本來以為她在開玩笑，所以不好意思叫她幫我做什麼。但是她經常問我，後來我就不客氣了，我說我洗衣服很麻煩，結果她就跟我回家，把我的髒衣服通通打包起來，拿回去她家洗。我當然很感動，我問她我可以幫她什麼忙？她沒有說話。她不說，我也不明白她要我做什麼，而且她沒有要求我做事，就幫我洗衣服，也讓我很害怕，我不知道她會不會騙我？以後再跟我要錢，或是其他的東西。所以我後來還是跟她說，我可以教她英文，看她願不願意？她點頭答應，我們就開始一對一上課……」

女人聽到這裏點點頭。她說：「也對，如果有個男人突然對我很好，而且沒有要求我付出，也會讓我很恐慌，不曉得他是不是有什麼企圖。」男人發出一聲

很長的「嗯」以表示贊成。女人接著說：「不過，你以教她英文做為回報，也不錯啊！十幾年前的台灣，一對一學英文很貴的。」女人故意拉長了音調，以強調男人的付出也不算太小。男人聽到這裏，豎起兩根大姆指，表示非常贊成女人的說法。

他們的閒聊到此，已經談了快三個小時。餐廳裏這時候來了一群學生，一進來就大聲嚷嚷。他們找個位子，點個餐都要弄到餐廳裏的客人全都盯著他們看，才肯稍微降低音量。女人一看這種情形，又下意識的看看手錶。男人一看女人的動作，曉得女人也許心急著回家，但外面還是雨絲綿綿不斷的下，於是安慰女人說：「還在下雨，除非你想搭計程車回去?計程車費是比吃飯錢貴哦，我很窮，沒有錢幫你出計程車錢。」女人聽了男人的話，故意裝做很可憐的樣子回答，「那你趕快把故事說完，好讓我解脫……」說完還跟男人使個鬼臉。

男人就跳著說：「教英文當然真的教，但是教的時候我們就開始戀愛。她開口念英文的時候，紅紅的嘴唇在我看起來，就好像看到好多紅色的心在空中跳舞，我克制不了，我們就做了那個事情。我愛我的太太，所以暫時不想離開台灣，也就是因為這樣，就一直留下來。我在台灣過第一個中國年時，她就帶我回去見她的家人。我不知道應該送他的爸爸媽媽什麼，她說中國人都送紅包，我就跟著包了一個紅包給她爸爸媽媽。見到她的的爸爸媽媽時，他們人也很好。只是在吃飯的時候，他們突然問我什麼時候娶我的太太？我嚇一跳，我說我沒有想過結婚，她爸爸的臉就很難看。我太太立刻哭出來，我坐在那兒不知道怎麼辦？我一個外國人，也不清楚台灣人的習慣，既然不知道怎麼辦？乾脆就坐在那兒大口吃飯。吃完飯，才匆匆忙忙的回去。」女人聽到這兒，忍不住大聲笑了出來。男人一見女人笑，就說：「這個不好笑。我是被他們逼得在台灣結婚的，我覺得我很可憐。」女人一聽到男人這麼說，就閉上嘴，故意裝做很可憐的樣子，再聽男人往下說。

男人說：「我才回去我住的地方，我太太就跟來了。她一進屋裏就開始哭，

她說她一個中國女孩子跟外國人睡過覺，沒有人願意娶她，她以後怎麼辦？我安慰她，說她那麼好的一個女孩子，一定很多人願意娶她。而且我跟她說，我只是暫時住在台灣，以後還是要回去美國。她一聽到我這樣說，哭得更傷心。她一哭，我也不知道怎麼辦？我想她哭累了總要停下來，但是她好會哭，一直哭，一邊哭一邊說如果我不娶她，她就要自殺，她在我家賴著不走，一直哭著要自殺，我沒有辦法，只好說娶她。」「就這麼簡單？」女人問。男人簡單的回答：「對啊！」

「後來呢？」女人再問。男人於是又開始說：「過不久，我們就結婚了。我們本來跟她的爸爸媽媽住在一起，我不能習慣，叫她一定要搬出來。我就是不知道為什麼你們中國人什麼事都是一家人一起做。像我跟我太太的事，她的爸爸每次都要問。如果他不高興我們怎麼做，就要跟我吵架。」女人回說：「是啊！中國人本來就跟外國人不一樣的。你娶她時，難道沒有發現這個問題嗎？」男人說：「有啊！」女人問他：「那你現在的問題是什麼？」男人說：「我們現在有兩個小孩，大的已經要上小學了，我想帶他們回美國念書。而且我的爸爸媽媽很少看到我的小孩，他們希望我搬回去。我不想在台灣教一輩子的英文，但是我的太太不答應，她說她的家在台灣，她不想搬去美國住。如果我一定要搬回去，她就要鬧自殺了。她真的是很喜歡自殺……」女人聽到此沒有說什麼，她能說什麼？她在心底想：「你太太又不會真的自殺，她只不過威脅你罷了。但萬一他太太真的想不開呢？她可以扛起這個責任嗎？」男人見女人不說話，於是細聲的說：「我也知道這種問題沒有人可以幫我。但是我還是很謝謝你聽我說……」女人無奈的笑一笑。

走出餐廳，雨絲仍舊從天上緩緩的飄下來。女人跟男人說：「Well，謝謝你的晚飯。計程車費很貴，但是我還是要回家。」男人拍拍她的肩膀，沒有多說什麼。女人揮手叫了部計程車，一上車，她便忍不住的直打哈欠。她想：「哇！今

天怎麼這麼累。」眼睛看著窗外，腦子裏卻不斷回想男人說的話。突然，在她的心底有一個聲音響起：「你看，你幾年前跟你所愛的男人分手是對的。愛得深又如何，如果當時大家糾纏不清，今天鬧自殺的不就是自己嗎？」女人深深的吐了一口氣，只見計程車司機跟她說：「下雨天很煩噢！」女人故作輕鬆的說：「是啊！」

法國情人

女人用力敲著朋友的門，朋友一打開，她就往裏面衝，見到沙發，一屁股坐下，兩手掩面，開始哭了起來。朋友隨手關上門，跟在女人後面進來。她說：「你三更半夜跑到我家，一定有什麼嚴重的事。我明天還要上班，沒有時間陪你混，你不要哭，有話趕快說，光哭是解決不了事情的。」女人抬頭看著朋友，看她一臉惺忪，曉得自己的確把朋友從美夢中吵醒，覺得有些抱歉。但是她管不了那麼多。她跟朋友哭著說：「那個男人把我的錢騙光，卻不回來了！」朋友突然聽到她這麼說，腦子轉不過來。她一頭霧水的問：「哪個男人？」女人氣若游絲的回答：「就是我的法國情人嘛！」朋友恍然大悟的說聲「哦」，整個人頓時清醒過來。

女人的男人來台灣已經有一段時間了。他之所以會來台灣是因為他在台灣學中文的朋友告訴他，台灣女人的錢很好賺。男人當然不會明白這是什麼意思？朋友跟他解釋，台灣女人很捨得花錢買一些歐洲名牌的高級消費品。在台灣因為稅額很高，正式進口的歐洲名牌都很貴，但如果專程飛到歐洲去「SHOPPING」，又不是每個人都辦得到的事，如果有人可以私下帶進來一些貨品，用比較便宜的價錢賣出去，一定可以賺錢。朋友說得言之鑿鑿，男人很動心，但飛到一個陌生的國家做生意，畢竟需要經過一番考慮。男人有些猶豫不決，朋友勸他先帶一部份東西來試試看，只要擺個攤位就可以做生意。況且擺地攤賺的錢全都進自己口袋，又不需要繳稅，有什麼不好？在朋友極力勸說下，並表明願意提供他地方住，男人這才答應下來。

男人第一次來台灣就帶了兩大箱的行李，主要是以昂貴的皮件為主。男人一進台灣，就連人帶貨品全部搬進朋友的住處。兩個大男人雖然知道要擺攤做生意，但是台北那麼大要從何做起？於是兩個人接連幾個晚上都往台北市最熱鬧的地方鑽，勘察哪個環境最適合擺攤做生意。最後的結果是兩個人決定把攤位擺在東區，因為在東區逛街，而且願意花錢的女人，最捨得掏腰包買歐洲名品。男人後來很慶幸自己聽了朋友的話，因為在台灣擺攤做生意，的確為他開啟了一段發財之旅。

也許是因為擺地攤比較有機會跟客人打交道，所以也間接促成男人學中文的機會，因此他的中文進步得很快。男人擺攤大約過了半年之後，已經可以用中文跟客人討價還價。由於男人談吐風趣，加上當時在台灣擺攤的外國人很稀少，所以他的生意也特別受到女性的照顧，女人常常在他的攤位上東挑西撿，也為他帶來不少人潮。男人的攤位對面有一家服飾店，女人就在這家服飾店上班。她注意男人已經很久了，倒不是因為她對男人有意思，而是她很納悶為什麼男人常常在生意做得正好的當頭，就突然消失了兩三個月。她雖然好奇，但總不能就這樣走過去問人家消失的原因。女人終於等到一個機會，有一天男人從法國拿了一堆正在台灣流行的化妝品，擺在那兒很醒目，遂引起女人一探究竟的好奇心。她走過去，假裝看看他的東西，看了很久卻始終開不了口問價格。最後還是男人忍不住的說：「隨便你挑一樣，我算你一半的價錢，反正我們是鄰居。」女人嚇一跳，男人接著說：「你不是在那家店工作嗎？」男人順手指向那家服飾店，女人點點頭。

這是女人跟男人開始交談的開端。自從這次的接觸後，女人跟男人常常彼此互相注意，對看。此後，女人再看男人似乎也比先前順眼，當她看見男人跟客人開懷的說笑時，會莫名的升起妒意。但她是個女人，不可能自己跑去跟老外勾搭，只能從店裏遠遠的看著他。直到有一次，男人突然走進店裏來，他問女人：「你今天晚上有空嗎？我今天生意不好，不想做了，你如果有空，我請你吃飯。」女人被男人突如其來的動作嚇一跳，她楞在那邊不說話。還是同事多事，幫她答應下來的。男人收拾好東西就站在店門外等女人，女人心裏有那麼一點虛榮的得意感，當同事開她跟男人的玩笑時，她一點也不介意，反而開始幻想她跟男人之間尚未開始的戀愛。

晚飯過後，男人跟女人都很高興，因為他們都得到彼此想知道的事情。男人一知道女人單獨在台北租房子住，腦子裏立刻有他的想法；女人知道男人還是單身時，心跳立刻加快。當男人提出送她回家時，她也就半推半就的順了男人的心意。男人那晚跟著女人進了她的屋子，便留下來沒有再回朋友住處。以後，男人每到台灣，就不愁沒有地方住。女人的朋友後來得知她跟男人的事，把她狠狠說一頓：「什麼，你腦筋有問題嗎？你一句法文都不懂，半句英文也不會說，以後你怎麼跟他過日子？」女人心虛的回答：「他可以留在台灣啊！」朋友堵她：「那是你想的，你問過他沒有？」女人低頭沉默不語。

女人跟男人在大家不看好的情況下交往下來，兩人熱熱鬧鬧的談了兩年的戀愛，女人從一開始就對男人有很多期待。她最想要的當然是跟他的愛情有始有終，早日共組家庭。所以，當男人開口跟她借錢回法國拿貨時，女人一口就答應下來，她想自己的男人都不能信任，還能信任誰？何況，只要男人有成就，他們請大家喝喜酒的日子也越近，她已經快被這一群朋友給問煩了。這時候多數的朋友對她的男人幾乎都不再有成見，偶爾還膩稱他為女人的「法國情人」，彷彿這樣聽起來才符合法國人浪漫的性格。男人跟女人借錢拿貨總是有借有還，女人愛他自然對他很信任，所以當男人開口要借走女人全部的積蓄時，女人不疑有它，很快的就把錢領出來交給男人。男人跟她說這一趟回去三個禮拜就回來了，誰知道已經過了一個月了，至今還沒有他的消息。女人這時才感到事情不對勁，這就是她半夜跑來敲朋友門的原因。

朋友問她：「你有沒有他法國的電話？」女人搖頭。朋友忍不住的對她發脾氣：「你這是跟人家談那門子的戀愛，被人家睡了，你還不知道人家家裏電話。」

女人又哭了出來。朋友覺得自己話說重了，於是安慰她說：「好啦！你就當做上一課好了。如果有人問你跟男人的事，你就說你們大吵一架，男人回法國了。有關錢的事，一句都不要提。」女人點頭。朋友問她：「你吃了沒？如果沒有，我去下兩碗泡麵。」女人說「好」。朋友走進廚房，女人一個人坐在那兒，心裏頭很空，很難受。她跟自己說：「那我又能如何？當初太信任他，現在居然也無法當面罵他。連他在哪裏，我都不知道，我真是個大白痴……」女人想到此，兩手掩面當場又哭了出來。

隨 手 心 情

霓虹蓮花

娉婷倩影，冶艷的夜，

奈何蓮花需染塵。

ㄊㄟㄟ女郎

女人把小孩從嬰兒床上抱起來，小孩雙眼閉著，紅咚咚的臉蛋，象徵著幸福的符號，似告訴來訪的客人：「我過得很幸福。」女人把小孩抱在懷裏，開始餵他喝奶，她看著小孩吃奶，嘴角也同樣掛著幸福的微笑。女人拿起食指在小孩臉上輕輕的撫摸著，她在心裏想著：「孩子，你不知道生下你是媽媽最大的財富，因為有了你，我才能有今天的幸福。」

女人還算年輕，大學剛剛畢業一年，小孩也剛剛落地。回想起剛進大學的日子也不過是幾年前的事，但比起現在的生活，卻又感覺像上輩子那般遙遠。女人是在南部一個古都出生，從小到大就沒有離開過自己的家鄉。她的臉蛋看起來單單純純，笑起來時還保有一股鄉下人簡單的氣質。如果她不說，誰曉得她已經從南部一所著名的國立大學畢業，而且在帶有顏色的「KTV」場所打過四年工。人生的境遇很難說，女人曾經在無數個夜晚，咬著棉被痛哭；她哭是因為她以為她這輩子就此完蛋了，她以為她只能在這種場合瞎混終身。

女人有一雙黑亮亮的大眼眸，一身黑黝黝的皮膚。從外表上看，她常讓人一眼就認定她有原住民的血統，女人其實也搞不清楚她到底有沒有？他們家從她父母親結婚時，就搬到這古都來居住。母親人長得白白淨淨，看不出有任何的原住民血統，倒是父親的長相，反而容易讓人聯想到這上面來，因為他有一身健碩的體格，以及不愛受拘束的豪邁性格。女人的五官承襲自父親的模樣多一些，不過她對於自己是不是原住民這件事並不是很在意，因為她很清楚不管她是誰，她都離開不了酗酒的父親，幫飯店洗碗的母親，以及依賴性重尚年幼的弟弟妹妹。換句話說，無論如何她都離開不了自己對家庭的責任，這也是她後來考上北部的國立大學，卻必須放棄北上求學的原因。

女人是家裏的異類，不同於家裏的成員，她樣樣都很傑出。鄰居常取笑她的酒鬼老爸，說他是「歹竹出好筍」，否則像他這樣一個爛酒鬼，怎麼可能生出一個聰明絕頂的女兒呢？女人的確從小就會念書，在學校裏也常常因為成績突出，而備受老師寵愛。她是個直腸子，跟人交往直來直往，所以人緣不是特別好。對於家裏的情況，她也不會刻意隱瞞。就算父親喝醉酒鬧到學校，讓她出盡她的洋相，她也不會因為同學背後的竊竊私語而跟父親生氣。考上國立大學的那一年，家裏賀客盈門，父親一臉得意。雖然他已喝個爛醉，說起話來顛三倒四，但光用「得意」兩個字也還無法形容他的心情。他端起酒杯大口喝酒，一杯下肚又一杯，喝個沒完。他說：「我知道我喝酒喝了一輩子，也做了一輩子的廢物。沒想到老天爺對我還不錯，送給我一個這麼聰明的女兒。這是我的驕傲，也是我的成就……」父親半醉半醒的說，說到最後幾個字他突然哭了出來，整屋子的客人彷佛都能體會他的感受，也跟著沈默不語。女人一直坐在一旁的母親，這時也跟著流淚，她哭泣倒不是理解丈夫的心情，反倒是擔憂龐大的學費要叫她到那裏去籌。女人是了解母親的，她走過去拍拍母親的肩膀，安慰她說，「我會想辦法的……」。

女人從入學的第一天起就開始找工作。但是一個高中畢業生能做的事實在有限，找到的工作如果不是餐廳小妹，就是到速食店炸薯條。這種工她可以打，不過賺來的錢永遠不夠她付學費。最後，當她走進一家急徵小妹的「KTV」伴唱店應徵時，老闆一看她的學歷二話不說「當場錄用」。並且，立刻給了她一筆金額頗高的借支。「小妹」只是這家「KTV」應徵伴唱女郎的晃子，穿著露骨陪著客人唱歌才是女人真正的工作。每次女人回想起自己收了老闆的借支，而不得不來上班這一段，她總是有種莫名的悔恨，她不責怪老闆的故意隱瞞，她只怪自己當時識社會不清，為了一筆可觀的金額把自己推入火坑。

女人記得上班的第一天，領班的小姐把制服丟給她，她在更衣室換好之後，卻躲在裏面不肯出來。她看著鏡子裏的自己，拼命流淚。她想她怎能穿這種衣服工作？不僅前面胸口低到快被窺盡，連裙子也開叉到底褲快要無法遮掩。再怎麼樣，她也是個國立大學的新生，她沒有辦法這樣糟蹋自己。領班小姐在外面叫了她幾次，她都不回應。領班小姐有些發火，她在更衣室門外吼叫：「喂，你到底出不出來？你不出來我沒辦法教你做事。等一下老闆怪罪下來，誰負責？」女人聽到她的話只是哭，沒有回答。領班小姐在外頭等了大約五分鐘不見任何回應，心裏火氣更旺，她大叫：「大學生，你出不出來？你以為自己是大學生，很了不起？告訴你脫了衣服，你跟店裏那些洗碗的歐巴桑有什麼不同？」女人一聽到「洗碗」兩個字，神智突然回轉過來，她想起辛勞的母親，她記起自己出來賺錢，不就是為了減輕母親的負擔嗎？抿掉了眼淚，她走了出來。領班小姐看到她，還以為是自己的話勸醒她，還笑著跟她說：「每個女人的身體都一樣，如果別人可以做，你也可以。做個幾年，存一點錢就可以幫家裏買棟房子了，這樣不是很好。光是想不開，什麼也得不到？」女人聽著領班小姐的話，要「做」什麼事她不是很在意，但是存錢買房子的事，她可就聽了就往心裏頭去了。

女人真正開始工作後，才弄明白所謂的「做」就是可以讓前來消費的客人，在她的上半身「亂摸」。如果雙方都願意繼續交易下去，還可以帶出場，但生意成交與否，店裏一概不管。相對來說，也就是小姐本身的安危必須自己負責。女人的最高限度就僅是伴唱，其他的事她無法做也不願做。她沒有告訴母親她打什麼工，她只告訴母親，老闆看她是大學生，薪水就給得高一點。她把賺來的錢分做三份，一部份給母親家用，一部份拿來念書，剩下來的錢全都存起來準備將來買房子。這份工作她一做就是四年，她在複雜的工作場所過她簡單的生活，這其間她沒有交男朋友，也沒有娛樂，生活除了工作，就是念書。她不曉得像她這樣的大學生將來畢業後，是不是真的可以找到事做？她的內心雖然寂寞，但只要看著數字節節高升的存款數字，她空虛的心靈就可以得到平息。

大學畢業的前幾個月，店裏一名年紀跟她相仿的廚師突然約她出去。因為摸不清對方的態度，她不敢答應。廚師後來跟她表明心意，他說他看她跟一般女人不同，也很服氣她為父母犧牲的孝心，他相信她可以做一名好妻子。女人默然，她跟自己說：「大學生嫁給國中畢業的廚師又怎麼樣？如果他是真誠的，那比嫁給衣冠楚楚，卻帶著假面具看人的偽君子還幸福啊！」女人沒有多考慮，就決定跟廚師一起過日子。婚後，他們一起買了房子，女人把一家人都接來住，廚師沒有任何怨言。女人生了小孩，在家帶孩子，廚師則負責打拼他們一家人的未來。

女人餵好奶，把小孩放回嬰兒床。她逗弄著小孩，愉快的說：「孩子，你長大以後可不要學媽媽，念完大學卻一點也派不上用場……」小孩被女人逗弄著笑了，兩隻深邃的眼眸對著媽媽看著，不願移開。女人親親小孩，快樂的笑了出來。

信用卡竊犯(上)

女孩被警察帶走後，一臉憤怒的對著宿舍裏圍觀的同學吼叫：「看什麼看？沒有見過警察，還是沒有見過罪犯？」膽小的同學被她吼得有些難堪，趕緊扭頭躲回寢室。膽子大一些的同學則對著她吼回去：「白痴，當然是看你出醜」女孩看著對她低吼的女同學那副得意樣子，一股無名火突然升上來，她先對她大罵一聲「F」開頭的髒話後，才憤憤的說：「你以為我不回學校了嗎？」女同學白她一眼，頂她的話說：「我管你啊！你回得來再說。」說完才扭頭回寢室。

女孩是因為盜用他人的信用卡，刷了近二十萬，被警方盯梢盯了一段時間，才殺到學校來抓人。當警方由學校人員陪同來到宿舍時，女孩才剛剛回來。她一見警察就嚇一跳，警察還沒問話，她就本能的往外衝。她一個嬌弱的女孩當然抵

不住兩個大男人，很快的就被逮回來。警察一確定要抓的人就是她，手銬當場就拿了出來，女孩一見手銬，兩腿一軟，順勢就跪下來。她求警察可不可以不要用手銬，其中一個警察冷冷的回她一句：「現在要臉了？怎麼當初在刷卡時，就沒有想過這是違法的行為，要被關的？」女孩無言以對。看著越聚越多的圍觀同學，她的情緒突然失控，她大聲罵出自己從未罵過人的髒話，對著警察冷冷的說：「要銬就銬，隨便你們。」

女孩今年剛剛升大二，從中部上來台北念書也不過兩年。但兩年的時光已經把她身上純樸的味道徹底洗淨，脫胎換骨的換上一層台北女孩特有的時髦味。尤其當她交了現在的男朋友之後，她連最後的防線也守不住，她的身體很快就被男友攻陷。一旦把自己奉獻出來，女孩的心態一改，人也就改變得更厲害了。女孩在宿舍裏是個不受歡迎的人物，最主要是她書讀得好，人也長得好看，所以態度非常囂張。如果她知道自己的長處，而懂得稍加收斂自己的光芒，或許同學還不至於這麼直接的排擠她。但問題就出在女孩太我行我素，而且不願意服輸，同學說她已經得到老天爺的寵愛，還要賣乖，叫人討厭。她對同學的看法則是「要做朋友自己靠過來」。平日她的姿態就是太高，以至於出了事時，竟落到沒有人對她抱以同情，反倒是幸災樂禍，冷眼旁觀的人居多。

女孩在學校時也有交過一、二位不錯的朋友，可惜的是後來也跟她很少來往，原因不外乎女人的自負讓朋友吃不消。記得有一回午飯時，她跟朋友一起前往一家速食餐館吃飯，朋友問她：「你為什麼不能對那些人態度好一些？我知道你的人其實還不錯，就是姿態高一些。如果你肯對他們好一些，我相信你一定可以交很多朋友的。」女孩聽了之後淡淡的回答：「如果他們不能接受別人比他們好的這項事實，即使我對他們再好，也改善不了彼此的關係。何況，我不主動接近人。要嘛，他們主動求和……」朋友沒有接話。只不過以後卻跟女孩漸行漸遠。

也許是女孩在學校太孤立，也許是她功課好到無需花太多時間在學校。反正熬過大一漫長的一年後，女孩便漸漸發現學校實在不太好玩，於是她在課餘時間找了一份工打，工作是在一家高級酒吧當女服務生。這家高級酒吧的客人多數是年薪過百萬的白領上班族。進進出出的消費者各色人種都有，所以也是外國人跟本地人聚集的一個高級場所。大部份人的心態都一樣，只要收入一豐富，花起錢來就特別不在乎。因此，來這家酒吧消費的客人，不僅女人在外表上都個個爭奇鬥艷，就連男人也會湊一腳，在打扮上絕對不比女人遜色。而且，在競艷跟獵艷上，每個人都身懷絕招，最常做的事就是以身上穿著的名牌服飾為誘餌，來引誘女人上勾。這些本事是男人追求女人最常使的招數。女孩在這裏開了眼界，對於大都會男女的生活品味，她非常欣羡，恨只恨自己沒有背景，沒有本錢。最令女孩難過的是她愛上店裏一位主顧客，但男人花錢的手筆，令她根本沒法子對他抱有任何希望。但女孩沒有死心，為了吸引他的注意，她把第一次賺來的錢全部投資到那些名牌服飾店裏。當她把昂貴的衣服穿在身上時，突然生出一種錯覺，她以為自己就是那些時髦的白領儷人，以為自己也可以過這種花錢如流水般的日子。但是一回到現實，她僅是一個頗具姿色的窮學生而已，誰會注意她呢？

那晚，女孩算準了男人會到店裏來，她特別穿上那套服飾，期望能得到他的注意。當女孩走進店裏時，她那緊貼的衣服，很快就幫她招來眾人的眼光，有些熟識的男客人還對著她猛吹口哨。得到這樣的注意，女孩突然變得有些心慌，她急著找男人的身影，她想知道他的視線將放在那裏？女孩並不知道她露肩的吊帶背心，讓她雪白的肌膚在燈光下看起來，就像抹在草莓上的白色慕斯，顯得可口動人，讓人有情不自禁想咬一口的感覺。男人就是注意到她的肌膚，才認真的看待起女孩來的。他沒有像往常一樣，坐在椅子上等著女服務生把他點的東西送到桌上。他起身，直接走到女孩跟前，客氣的問她：「可以跟你點飲品嗎？」女孩被他的聲音嚇一跳，她不敢直接看他，半低著頭回說：「可以啊！」語調異常溫柔，完全不似她平日的模樣。男人被她嬌羞的神態弄得有些好笑。他突然蹦出一句：「你平常就這麼怕羞？」女孩被他這麼一問，楞在那兒不知怎麼回答。男人也許意識到自己的話說得有些直接，因此笑笑的說：「算了，隨便問問的，你不用在意。」

過去，女孩驕傲的青春歲月就像一匹野馬，沒有人可以馴服的了。但是，就在那一秒刻，女孩桀傲的心被軟化了，在男人的注視下，她的一張臉像灶裏的火焰，慢慢的燃燒起來。她的臉被染了一層紅暈，像一朵綻開的玫瑰，男人看了非常陶醉。女孩的一顆心被他看得怦怦跳，她不知道自己是不是在做夢。在女孩眼裏，有一種不實際的夢幻期待，正在緩緩升起；但是在男人眼裏，只有一股慾望之火在燃燒。女孩跟男人想的雖然不一樣，但是無可否認的是這一刻，他們的內心都渴望擁有對方……

信用卡竊犯（下）

經理從背後拍了女孩一下，女孩乍醒。經理跟男人點點頭，男人也禮貌的回應。客氣過後，經理對女孩說：「那邊有客人找你。你還沒點好嗎？我來幫你好了。」女孩趕緊回答：「哦，不用了。」臨走前她跟男人說：「我等一下端過來給你。」男人則報以微笑，沒有表示什麼。

女孩再回到男人身邊時，已經是個半小時以後的事情了。男人問女孩：「這麼久？我還以為你把我丟下了。」男人半埋怨的語調，把女孩逗得有些發慌。她急急的辯解：「怎麼會？不知道為什麼今天生意特別好，大家都忙著叫我……」男人沒有聽完女孩的解釋，就搶著說：「都是因為你今天太美的緣故。」女孩沒有聽懂男人的話，她露出一副不解的眼神看著男人。男人看著她的表情說：「美女大家都樂於接近嘛，你今天穿得這麼美，叫誰看了都喜歡，當然都藉故接近你了。」女孩聽了男人的解釋，心情一開，調皮的本性立刻回來。她問：「那你呢？你喜不喜歡？」不僅說話的語氣可愛討喜，連表情都帶著半調情的促狹味，令男人費猜疑。男人看到女孩的反應有些驚訝，他不知道女孩跟他是來真的，還是開開玩笑而以。因此換成他楞在那兒，不知該如何反應。女孩知道自己在身上的投資的確帶來成效，工作的心情也變得特別愉快。當她的腦子正在想下個月的薪水應該買那一套衣服時，男人開口了。他說：「你幾點鐘下班？」女孩聽到男人的話馬上回醒過來。她說：「為什麼？」男人笑了。他問：「你的回答，不是我問的問題。你跟人講話時常會出現牛頭不對馬嘴的問題嗎？」女孩被他這麼一說，並不生氣，反而笑著說：「那得看說話的對象了。」男人一聽，兩眼直直的看著她說：「那我呢？你喜不喜歡跟我說話？」女孩聽男人這麼一問，一個字一個字的緩慢的說出：「非—常—喜—歡。」

女孩第一次跟男人出去約會時，才知道男人開的是「賓士」車。男人沒有說他家多富裕，只說他們家從前有很多土地。男人也是問了女孩之後，才曉得女孩原來還在上大學。女孩對自己的家庭環境不太願意多說，她也不想知道太多有關男人的事，她要的僅是兩個人在一起開心就好。但是，環境的差距不是不想知道就不會存在，當她見到男人的朋友身上穿的，用的全部都是進口名牌時，低頭看看自己的寒酸樣，她的心情就會開始低落。她不想被人比下去，也不想失去男人的注意力，但家裏供不起她豪華奢侈的生活，她那微薄的薪水也解決不了什麼。女人左思右想，最後決定到新進流行的泡沫紅茶店當性感的舞孃。

泡沫紅茶店利用性感艷舞來拉攏生意，是在女孩的家鄉開始流行的。女孩早在北上念書前，就知道這種類型的場所。有一回她看一個電視節目介紹這些年輕的舞孃，發現這些女孩都非常年輕美麗。而且根據其中一位舞孃的說詞，她們只要打扮性感露骨上台跳舞即可，並不需要應付客人，也不用害怕被騷擾，因為店裏都雇有安全人員，防止客人越過界，在他們身上亂動手腳。女孩憑著自己小時候的舞蹈基礎，就跑去應徵。她知道自己不能放棄學校，而且也不能讓男人知道，她在那種場合上班，所以只能跑回中部的泡沫紅茶店尋找賺錢的機會。幸好，家人都不會到這種地方來尋歡，否則她也沒有這個膽量。

第一次上台，女孩身上僅穿著一套比基尼，以及外罩著一層薄紗。在昏暗的燈光下，她看不清台下都是一些什麼人？她安慰自己，這樣倒好，就當做是對著一群豬跳舞好了。她放開懷，隨著音樂節奏的響起，開始搖擺自己的身軀。老闆說過要性感，要跳得有誘惑力，鈔票才會入口袋，女人就儘量放開自己的動作。同行的姐妹們教她，當身體擺動時，只要想起跟自己最愛的人做那件事，不自覺的就會變得非常浪。女孩把這些辦法放在心上，當她的身體在扭動時，她的腦袋在想著鈔票，而她的心靈就只剩下男人的身影。有了第一次的經驗，以後再上台時根本就難不倒她了。

女孩只有周末假期才到泡沫紅茶店當舞孃，剩餘的時間如果不是上課就是跟男人纏綿。一賺了錢，女人就把鈔票拿來投資在自己身上。當她跟同學在外表上看起來越來越不一樣時，大家對她的生活就討論越多，輿論也就越繁雜。有人傳她墮胎，有人傳她跟教授有一腿，有人說她賣淫…。話傳久了難免會落入女孩耳裏，但她把這些人當白痴，懶得理他們，依然故我的過她的生活。在學校既然沒有朋友，男人就像她生命裏的唯一。見不到他時，她就要擔心害怕他被人搶去。為了配得起他的品味，女孩盡可能的追求所有時尚。不過，任何的享受都要付出代價的，女人跳舞賺得再多，也永遠趕不上潮流的變動。她苦惱自己該如何做，才能賺取足夠的錢來應付自己的花費，才能讓她無憂無慮的花錢。想來想去都只有走上「賣身」一途才能滿足自己的要求。但是「賣身」是她絕對不會考慮做的事。沒有錢花的煩惱才剛剛開始，她卻因為這個煩惱而吃上牢飯，也因為這個煩惱使她燦爛的一生，從此便得黯淡。

就在女孩被抓的前兩個月，她照常到店裏跳她的舞。工作結束後，她在後台換衣服時無意撿到一張信用卡，卡片是屬於店裏另一個舞孃的。當她把卡片握在手裏時，腦袋突然閃過一個念頭，為什麼不拿來刷一刷再還給她。她趁著沒有人看見時，趕緊把信用卡塞進她的內衣裏，再裝做若無其事的離開。女孩隔天就到各個名牌服飾店瘋狂採購，直到把卡刷爆之後才罷休。就像第一次上台跳舞的經驗，事情做上手了就會順理成章的成為習慣。女孩對自己的行為漸漸失去判斷力，也不再有任何愧疚感，刷完一張，她看自己安然無恙，於是膽子就大了起來，她想乾脆用偷來的卡刷比較快，她已經忘記這要賠上她一輩子的名譽做為補償的。當女孩被警察帶走時，她已經連續偷了兩張信用卡，來解決她沒有錢花的煩惱了。

警察問她：「你從什麼時候開始偷竊的？」女孩一臉疲倦，她無力的答：「不久以前吧！」警察問她：「你家住那裏？要通知你父母親來局裏一趟。」一聽到這裏，女孩兩眼一亮，她帶著請求的口吻說：「不用通知我父母親了，我已經成年了，我的行為我自己可以負責。」警察先「哼」了一聲才說：「負什麼責?你現在是犯法的人啊!你怎麼負責。」女孩低下頭沒有說什麼。在這一瞬間，她的腦袋有很多畫面跳過，她想起男人溫柔的眼神，想起同學嘲諷的表情，想起泡沫紅茶店裏昏暗的燈光，想起自己還是很年輕……。她的眼淚突然掉下來：「牢飯怎麼吃?吃完以後呢?我的下輩子怎麼過?」從兩年前北上念書以來，她第一次掉淚，第一次感覺自己這麼想念父母親，第一次，啊!第一次她不知道自己要說或要做什麼?

香奈兒女郎

葬禮才剛開始，隨著誦經儀式的展開，靈堂的氣氛也越來越凝重。女人的母親早已哭腫了雙眼，氣息奄奄的立在女兒靈柩前。在母親身旁站立的是女人的父親，他一臉沈重，表情非常的肅穆，對於親朋好友的關懷沒有太多感觸，多數僅回報以淡淡的謝意，反正大家都認為他是因為失去女兒而哀傷不已，因此也沒有太計較他的態度。女人的朋友零零散散的來了幾位，都是她大專時的好朋友。離開學校這麼多年，大家難得有機會見面，這次還是女人的葬禮，才把大家拉回在一起。說來有些諷刺，不過人世變化就是如此難以預測。訃聞是女人的姐姐所寄出的，名單是根據女人電話本裏的記號來決定。女人這幾年的生活變化很大，跟過去的朋友都刻意保持距離，比較常來往的，她就在名字面前做個記號好提醒自己。她曾經跟她姐姐半開玩笑的說，她做些記號就是為提醒自己還剩下多少朋友。這也是她姐姐知道該把訃聞寄給誰的原因。

女人的朋友聚集在遺像前，每個人的表情都很嚴肅。大家看著女人的遺容都感覺不勝唏噓。多數人緊閉著嘴保持沉默，只是靜靜的等待儀式的進行。就這樣過了好一會兒，其中有個朋友忍不住哀悼的說：「啊！怎麼會呢？她還不到三十歲，而且長得又那麼美……」大家聽到她的話，彷彿對人世的感慨全湧上來，淚水便不自覺得掉了下來。緊接著又有人開口說：「這幾年她都在做什麼？怎麼都沒有她的消息。現在有了消息，卻又見不到她的人了，只見到遺像……」一有人對女人抱持這種疑問，大家就忘記流淚這回事，站在那兒吱吱喳喳地討論起來。這有人說：「對啊！那時候還差一年才畢業，可是她卻堅持要休學，為什麼？」這邊說完，又有人接話：「哦！我想起來了，有一次我在路上遇到她，她變得很時髦。更奇怪的是她變得很有錢，一身的香奈兒，我當時還取笑我自己，說我只買得起仿冒品。她聽了還很高興的安慰我，說穿在身上誰看得出來真假，只有我們這種白痴才會花這種錢。當時她的心情很好，我一點都看不出來她會走上絕路……」一群女人聊到這裏，淚水又止不住的掉了下來。在這些人的談話過程當中，只有一個人一直保持沉默。她其實是女人自殺前最接近的朋友，女人這些年在做些什麼她最了解，甚至女人為什麼要走上絕路，她似乎也可以猜得出來。她站在那兒聽大家談論女人，記憶一下子回到去年她最後見到女人的情形……

「喂，出來好不好？我心情不好。」女人打電話給她。她問女人：「去哪裏？我現在還在上班耶！」女人笑她：「你怎麼那麼可憐，每個月為了幾萬塊的薪水，做得跟牛馬一樣，沒有什麼差別。」她聽了有些不耐，衝著女人說：「你以為每個女人都跟你一樣啊，只要躺著就可以賺錢。」女人聽到這話，在電話裏沉默著不出聲。她意識到自己不該說這些話，趕緊說：「去哪裏你先講好，我下班就過去。「女人一聽到她答應下來，又馬上快樂的說：「去一個地方，保證你一定沒有去過。」女人頓了一下，又說：「你以為我不想像你們一樣嗎？我也想將來有一天走進廚房，做一名好太太。今天我就是要帶你去見一位我喜歡的男人，你幫我看看他怎麼樣？」她沒有意見。於是，悶悶的說了聲「好」。女人接著說：「你下班就在你們公司樓下等我，我來接你。」

女人帶她走進去之後，她才發現牆上寫著「FRIDAY」。她喃喃自語地說著：「FRIDAY？不就是牛郎店嗎？」她拉住走在她前面的女人，悄聲的問：「這裏面的男人是不是都是牛郎？」女人點頭。她大聲的叫了出來：「你有病啊！」女人對她做了一個「噓」的動作，她壓低了音量繼續說：「你到這種地方找男朋友，你不是神經病嗎？你以為這些人喜歡你什麼？他們喜歡你的人，你的心，你的美麗？他們喜歡的是你的錢！」她一口氣說到這裏才停歇。在說到「錢」時，還特別加重了口氣。女人沒有直接回答她的話，她的一雙眼不停的瞄來瞄去，直到看到她熟悉的身影，才對著那個男人猛揮手。她看見一個長得很俊俏的男人朝他們走過來，男人一看就知道是靠女人吃飯的。男人把他們帶進一間包廂裏坐，跟女人打了聲招呼就走。她問女人：「不是他？」女人笑著回答：「比他還帥。」說完就從皮包裏掏出粉餅開始朝臉上補妝。她一個人坐在那兒，無事可做，眼光就在包廂裏打轉。包廂其實很簡單，跟一般「KTV」的包廂沒有兩樣。她問女人：「你常來？」女人搖頭。她再問：「你認識他多久了？」女人回答：「差不多兩個月。」她忍不住的說：「那這個男的很本事啊！兩個月就可以讓你為他付出感情。」女人笑笑的回答：「感情的事本來就很難說。」她諷刺的說：「是啊！那得看你有多少身價。」女人沒有接話。她再問女人：「你在他身上投資多少錢了？」女人瞪她一眼說：「他沒有跟我要錢。」「那你在這家店花了多少錢？」她緊著問。女人用不太在乎的口吻回答：「差不多二十幾萬吧！」她眉毛一揚，問女人：「兩個月？」女人簡單的說：「不！一個月。」

男人走進來，後面還跟著兩個人。女人一看到他，立刻站起來。男人走過去給她一個擁抱，再招呼大家坐下來。男人問她：「要喝什麼？」女人溫柔的說，「我的那一瓶XO沒有了嗎？」男人趕緊說：「有啊！有啊！」接著就使喚其中一個年紀較輕的男人去把酒拿來。女人幫她介紹過後，就自顧著跟男人說話。她楞坐在那兒，另一個男人想跟她聊天，她懶得理他。她看著這些男人，心裏想著：「難怪他們可以那麼容易的就賺女人錢。除了長得細皮嫩肉之外，還特別懂得打扮。而且每個身上都還帶著一股古龍水的味道，讓人一接近就不覺得討厭。這些人如果走在路上不開口，誰曉得他們是做這一行的。光是看他們的穿著打扮，還以為他們是那些年薪過百萬的雅痞哩！那個女孩看了不會喜歡？」她看著這幾個細皮嫩肉的男人圍著女人猛灌迷湯，一刻鐘也待不住。她一直拉著女人要走，女人不願意，她抓起自己的皮包，頭也不回的走了出去。

事後，女人打電話向她道歉，她沒有生氣，反倒勸女人清醒，但是女人的一顆心全在牛郎身上，怎麼可能聽得進她的話。她無可奈何的說：「如果我勸不醒你的話，你以後就不要再打電話來跟我說這些事。」說完後就掛斷。女人後來也沒有再打來，直到去年夏天，女人最後一次打電話來，也是她見女人面的最後一回。女人跟她約在一家咖啡館碰面，她一見到女人就發現她瘦了很多，女人戴著香奈兒的太陽眼鏡，還是一身的香奈兒裝扮。她一坐下來，女人就開始流淚，她問女人怎麼回事，女人說：「男人吵著要分手，可是我沒有他，怎麼也活不下去。」她聽了之後，只是淡淡的說：「你還是在林森北路那家店上班？」女人低頭沒有說什麼。她看了女人的反應，突然生氣的說：「你給男人當馬騎，辛苦賺來的錢，再拿來貼男人，你真的有病啊！你要賣到什麼時候？三十歲或六十歲？」女人一邊流淚，一邊聽她指責，說到最後，兩個人都覺得疲乏的很。這次見面匆匆忙忙的便結束了，之後，她也不願再跟女人來往。

「她還是很漂亮。」有個朋友這麼說。她聽了之後，突然接口：「有時漂亮不是一件好事。」大家聽她這麼一說，全部把眼光聚集在她身上。有人問她：「為什麼？」她沒有回答。於是又有人說：「聽說她吞了過量的藥……」大家這時又把注意力轉移到這個話題上。她站在那兒猶豫不決，不曉得自己到底要不要留下來聽朋友在葬禮上吱吱喳喳……

亂了節奏的探戈

女人穿著一襲低胸的長禮服，手挽著一位男士，走進一家外表不是很顯眼的建築物裏。原來這座外表不怎麼樣的建築物，裏面別有洞天。女人引著男人走進去，她把他直接帶到「VIP」的包廂裏，然後朝他臉上親了一下，嬌柔的說：「大老闆，你在這裏等一下哦，我辦個事馬上就來……」女人說完扭頭就走。男人從背後看著她離去，腦袋裏想像的全是她扒光了衣服之後俏麗性感的模樣。對女人來說男人是誰一點也不重要，因為他只是她電話本裏其中一個恩客，一個肯在她身上投資的恩客。對男人來說女人是誰一點也不重要，她只是他在外尋歡作樂的其中一個對象，給了錢，一切都好辦。

女人果然很快就回來，她笑盈盈的說：「大老闆，你要看的那個年輕女孩今天不在，改天好了。我叫她來跟你賠罪……」女人話還沒說完，男人就一把把她抓過來，他先在她唇上重重的親了一下，才說：「看她做什麼，看你就夠了。」女人沒有反抗，她呵呵的笑著，任憑男人的手在她身上上下游移。兩人這樣嘻鬧了一陣子，女人才坐直了身體。男人還要靠過來，女人哀求的說：「大老闆，等一下我下班之後，就是你的人了，現在你先饒了我。」男人不聽，女人無奈，只好低聲下氣的說：「大老闆，求求你，我有話跟你說。」男人聽到這兒才停止動作。他慢條斯理的問：「什麼事，這麼嚴重。」女人兩眼溫柔的望著男人，她用嬌滴滴的聲音說：「你錢匯到我的戶頭了嗎？我有一張票明天到期，戶頭裏不能沒有錢……」男人不等她話說完，在她臉頰上捏一下，大聲笑著說：「你家這麼缺錢啊！三天兩頭的趕著匯錢。放心好了，錢昨天就叫我的秘書幫你匯進去了。」女人聽著男人的話，知道他話裏的意味沒有惡意，但聽起來就是這麼傷她心。她跟男人非親非故，男人也沒有必要特別安撫她。反正他拿她只當她是個「賣的」來看待，殊不知她的下海的確就是為了「錢」。她原來也不需要這麼多錢來花費，她有工作，能安安穩穩的過日子，如果不是嫁錯先生，她又何苦過這種不想見人的日子。

回想起三年前，女人還僅是個循規蹈矩的家庭主婦，大家看她都覺得她人好，做事又實在可靠，哪個人不是說她先生好大的本事，上輩子做來的福報，討到這樣一個老婆。女人每次聽到這樣的言詞，心裏總會泛起一股漣漪，她沒有刻意做給誰看，但是她努力去做了之後，又換來別人的讚美，這種喜悅她怎麼能拒絕？況且當初她要嫁給她先生時，父親還曾大力反對。父親反對的理由是她先生做人太浮誇，將來要敗事的。女人當時一心一意愛著他，那聽的下父親的勸告，更何況女人母親對未來的女婿滿意的很，她希望女人早一點嫁給他，婚事當然越早進行越好。

當女人父親說：「年輕人有幾兩重就吃幾碗飯，吃不下就不要硬吞，以免把自己嗆死……」女人母親就替女婿辯解：「你不要成就不如人，就說這種酸葡萄話。若是讓人聽到了，還以為你在嫉妒女婿呢！你想想看，我們親戚裏頭有誰的生意大到可以跟我們女婿做比較的，你應該覺得驕傲，這是我們女兒有這個福份……」父親聽了母親的話有些刺耳，但因為了解自己老婆的個性，也就不以為意。他僅是說：「做父母的有那一個人不希望自己的小孩好呢？我不希望女兒過得幸福嗎？你的女婿心太貪，一百萬還沒到手就想著一千萬，做事不實際，早晚把女兒拖垮。」母親聽到這裏，轉向女人，她說：「不要聽你爸爸的，媽媽替你高興，只要你準備好了，我們就來辦喜宴。」女人當時看著爸爸媽媽為她的婚事爭論不休，還覺得有些好笑，她以為自己是全世界最幸福的人，有父母親疼愛著，有個成就傑出的未婚夫寵著，她覺得自己擁了人生，生命的確是可喜的。

幸福的確是可求的，只不過卻來得很短暫。女人嫁給先生的頭一年，他的事業正如日中天，原來就不是很實在的先生，錢一賺得多，人就越發志得意滿。女人每次回家探望父母親，父親總勸她，要她勸先生「居安思危」，才能應付未來的千變萬變。女人聽在耳裏卻沒有記在心裏，她以為她先生賺的錢足夠她這輩子無慮的生活，她沒有想過她還年輕，她的一生還很長，也沒想到人的命運變化莫測，更沒想過她先生的生意會做垮掉。女人先生後來為擴大工廠，跟銀行貸了一筆巨款，憑他過去的信用，錢很快就借到手了。問題是廠房擴大之後，生意並沒有如預期中的好，當他貸款繳不出來時，銀行對他就不是這麼客氣了，最後的繳款期限一過，就開始查封他的廠房，清算他的財產。女人先生事業的成功或許還經過一番苦熬才能創造；但是事業要垮，可就完全不費吹灰之力，三兩天之後，所有的努力就被鏟為平地了。

生意一完蛋，首先要面對的就是上門討債的人。女人這時厚著臉皮回家向父母親求救。父親早就準備了一筆錢給她，女人拿了錢，心裏頓時羞愧萬分。父親沒有責備，倒是母親，女人看得出來，她早就哭腫了眼。父母親的幫助，救得了今天，救不了明天。女人在不得已的情形下，出去外面找事。憑她過去的資歷找到事並不困難，但是靠著每個月幾萬塊的薪水，他們夫妻只能溫飽，債務永遠也償還不了。一夜，夫妻兩人坐在床邊促膝長談，女人說：「我還年輕，我不想一輩子背著債務。我想我們也找不到人可以幫我們度過難關，所以最好的辦法就是靠自己。」女人說到此停下來，看先生的反應。但先生的眼睛看著別的地方，沒有說什麼，於是女人繼續說：「我想到那種場所上班，花幾年的時間把債務還清了。我知道這對你來說大概很難接受，但是我沒有別的辦法。到時候債務如果可以還清，我們夫妻情份還在的話，也許可以從頭再來。如果不在，那就再說好了……」女人說到最後，音調突然變得很低，但是聽得出來她的決定很果斷。說完後，她還是等著先生的反應，但他就像個木頭人一樣，動也不動的坐在那兒。女人看著先生突然生出一股厭惡的感覺，她想：「過去那個意氣風發的男人到那裏去了？」

女人剛開始總是不習慣跟其他的男人打情罵俏，她的心裏還掛念著先生會怎麼想？但是經過一個月，兩個月的適應期之後，她調情的本領越來越熟練，她可以不動任何感情就做到她想要的生意。錢一旦進來，債務可以償還，女人的心情就越發平靜，甚至到後來她還認為調情是女人天生的本領。她以前想都沒想過，她會出來賣笑，而且可以做得這麼好。

女人陪著大老闆跳著「探戈」，舞步她不是很熟練，常常跟錯節奏。男人笑她：「你真的不會跳？」女人搖頭。大老闆摟著她，溫柔的說：「來，我教你，其實很簡單的……」女人頭靠在男人肩上，腳下的舞步在跳動著，她的心裏卻想著：「快還清了吧！再熬個幾年就可以了……」

春恨

女人坐在沙發上，幽幽的嘆了一口氣，心情因為閒適反而顯得鬱悶。她不想出門，也不想約朋友，一個人孤零零的躲開塵世，在她自己的小天地裏簡單的過活。這似乎已經成為她這幾年的習慣，她不理會其他男人的追求，也不想再和誰談風花雪月，她要的是平靜的過日子，淡然的過完此生。

女人的年紀不小。雖然已經度過了四十的數字，皮膚不再光滑，眼眸不再亮晶晶，但因經過人世各個階段的磨難，反而使她散發出一種成熟美，這種充滿智慧的美麗，讓她看起來更具有女人味。從她雍容不減的五官來判斷，女人年輕的時候一定迷倒不少男人，可以猜想的出來，有多少人為她廢寢忘食。「是啊！當時有多少狂蜂浪蝶緊緊的跟在她後面，願意花多少錢買回她的自由，但是她沒有答應下來，因為她的一顆心全繫在那個薄情郎的身上……」當女人這樣想時，臉上的神色也跟著抹上一層黯然的色彩。

「心上的人，有笑的臉龐……」她閉上眼，靜靜的聽著音響裏傳來歌手吟唱這首老歌的聲音。平靜的心情在夏天天氣炎熱的加溫下，似乎漸漸變得鼓譟起來，原來平順的呼吸也開始失去節奏，忽然變得急促，她想起那薄情郎的身影：「啊！今天的日子又將難以熬過了……」女人在心底喃喃地說。

女人小時候家裏很苦。父親很早就去世，母親在火車站附近一家舊式的旅社做一名清潔的歐巴桑。家裏共有八個小孩，女人排行老大。母親做清潔歐巴桑本來就賺不了多少錢，何況還得養八個小孩，所以女人家裏的食物跟金錢經常短缺。女人對於母親的辛勞自然很捨不得，但礙於她只是個小孩，除了幫母親照顧弟妹，把家裏打理好之外，也幫不上什麼忙。女人曾經跟母親提過，小學一畢業就到社會工作，但母親不允許。她說：「女孩子找事原來就不容易，你書念那麼少，怎麼跟人家競爭？不念書將來就跟媽媽一樣，只能做清潔的歐巴桑糊口，這是很辛苦的工作。」女人很清楚母親所謂的辛苦，當她看見母親在寒冷的冬天，還得用一雙被凍裂的手繼續在水裏洗滌擦地時，她就躲在棉被裏哭。她害怕的原因除了不捨母親以外，還擔心萬一有一天母親若像父親一樣，兩腿一伸就向老天爺報到，那她怎麼辦？因此，她一直想早一點到社會工作是因為她想得很遠。

女人小學畢業後，在母親的堅持下進了初中繼續上學。小女孩一跨向另一個階段，感覺上成長得很快。女人孝順，常常在下課後就自動到旅社幫母親忙。有一回女人又到旅社親忙，碰巧遇見旅社老闆，她跟老闆鞠躬問候，老闆一見到她就誇獎不已，而且拿了糖果餅乾請她帶回家給弟妹吃。老闆是個好人，對小女孩沒有任何企圖心，只不過當時他隨口說了一句：「妹妹長得真漂亮，長大以後一定比新加坡舞廳的舞女還美。」女人不懂老闆的話，就問回去：「新加坡舞廳是做什麼的？」老闆聽了她的問話，先是哈哈大笑，笑完後就玩笑的回說：「舞廳是給大人去跳舞的地方，舞女就是陪人家跳舞的。」女人沒有再發問，說了聲「謝謝」就要走，老闆突然不經意的對著女人的背影說了一句：「舞女可以賺好多錢哦……」女人手裏拿著糖果餅乾，沒有回頭問清楚，就走了出去。

老闆最後無心說的那句話，卻被女人有意的收藏在心裏。女人初中一畢業就不顧母親的反對到外面工作賺錢。她憑她所識得的字，憑老闆說的那句話，壯著膽子就跑到「舞廳」找事做。年紀輕有個好處，就是對別人說的話都不太抱持懷疑，舞廳老闆天花亂墜的說了一堆好話後，女人就決定下海了。為了怕母親知道，她騙母親她到工廠上班，必須住在員工宿舍，跟她串通好的是最年長的弟弟。弟弟當然不願自己的姐姐陪著男人搖臀扭腰的賺錢。但是在那個年代男孩要念書才有前途，他也不想小學畢業就到車行學做「黑手」，自己想念書，家裏又沒錢，對於姐姐的犧牲他心裏感激，表面上只能閉著眼裝作看不見。

女人十五歲下海，十六歲被人買走了童貞。此後她心一狠，能賺的錢都賺，她沒有感情，也無所謂良知，只要男人肯花錢，她就滿足他們想要在她身上所獲得的一切。她沒有背景，沒有靠山，但是她的美麗可以補償這一切。只要她有所求，她就拿她自己換來男人的情義。她對誰都不在意，也沒有想過明天的自己，唯一能滿足她的就是弟弟的成績。

女人是在二十二歲那年，遇上她想要的男人的。男人長得白淨斯文，第一次到女人店裏來買醉時，女人就發現他跟多數男人不同。男人並沒有跟其他小姐自在的談笑，他一個人坐在那兒，不太搭理人。女人像被他的孤立所感動，她刻意坐到他旁邊，跟他有一搭沒一搭的聊了起來。在談話當中，女人才知道男人是因為跟父親意見不和，不願前往日本念書而苦惱。在她看來這只是一件小事情，犯不著把自己弄成這等模樣。整個晚上，她找他喝酒猜拳，兩個人都玩得很開心，何況女人這麼多年以來，從沒有遇到過哪個男人可以跟她談風花雪月的，如今突然出現了這麼一個人，她哪能不心動。她捨不得讓這樣的快樂，匆匆忙忙的結束，於是整個晚上她都賴在男人身上，戀戀不捨的凝視著他。她的刻意溫柔，男人不是看不見，因此當霓虹燈漸漸隨著散場的人群，消失在午夜的街頭時，女人拉著男人的手往她的住處裏去，男人並沒有抗拒。那一夜，女人的身體是個溫柔鄉，男人擁著她正好眠，男人睡得沉穩，反倒是女人枕著男人無法入眠。不知怎的她突然想起「李娃傳」來了。她的心裏有好多想法，只等著男人一覺醒來，好跟他商量。

時間一年一年的過去，女人寄給男人的錢早已無蹤影。她靠著年輕時所攢下的積蓄，供自己的下半輩子生活。男人的諾言她記不清了，但他的臉龐還是那麼蒼白的烙在她的心靈上。女人想起她跟男人共同渡過的快樂時光，男人是愛她的，不是嗎？男人剛剛離開的第一年，她為他「食不下，睡不著」，她為他「哭斷肝腸」，多少人為她迷戀痴狂，她卻為他緊守她的真心，沒有掉進現實的誘惑裏。她等待的是他的歸來，兩人從此相守相依。但是他吮乾了她的愛之後，從此沒有音訊。女人聽著歌，嘆了一口氣。她細聲的說：「對於愛情，我並沒有要求很多。我只想陪在心愛的人身邊，陪著他呼吸，陪著他喜，陪著他氣。這樣的要求很高嗎？」這個問題永遠沒有答案，女人聽到的只有歌聲，響徹在整個屋裏。

冰山美人

冰山美人是一家酒店飲品的名稱，也是女人的外號。

女人是個外表時髦的新女性，走進這一行是她心甘情願的事，沒有人逼她，她也從不隱瞞自己的職業。有時當她跟客人開玩笑時，還會取笑自己：「有人說我不要臉，做這一行還不懂得掩飾，這樣到處渲染算什麼？但是有些人外表打扮得規規矩矩，其實做的事情比我們更辛辣，賺的錢更多。她們以為衣服一穿，別人就不曉得了嗎？我才不信……」

女人說話的口吻帶有一股頑強味，聽得出來她是個有主見的人。這也是大家幫她取這個外號的由來。「冰山」其實是暗指女人主觀意識太強，不易被人牽著走，所以就某些層面來說，她是個很難接近的人。女人對這個外號從不以意，她認為外號不過就是個代號，代表不了她。她不想跟人解釋自己，也不想被了解，人的一輩子，她認為自己覺得過得好就行了。何況每個人都應該有自己對事情的看法跟意見，拗不過他人的想法而被人牽著鼻子走，主要就是因為自己意志不夠堅定，人云亦云。在女人眼裏，這種人永遠做不了主。沒有自己想法的人最是無趣，如果她的客人裏有這樣的人，她一定不會客氣，狠狠的敲這些人一筆。女人除了在金錢上毫不留情外，事後，她還會對這些人抱著「嗤之以鼻」的態度。大家說她就像「烏賊」一樣「無血無淚」，她自己則認為她僅是個理性的人，看事情比較實際罷了。

曾經有客人問女人：「你是怎麼走進這一行的？」回答的倒也乾脆：「自己想要有錢花，又不想跟家人或男人伸手，就出來賺嘍！」「那你家裏的人怎麼想？」客人忍不住好奇的問。女人擠眉弄眼的笑著回答：「要賺錢還管人家怎麼想？」客人沒有回話。女人察覺客人沒有弄懂自己的意思，又緊著說：「我不偷不搶，不吃藥不販毒，不欺騙感情不詐財，這樣還不夠好嗎？如果我的爸爸媽媽拿我跟社會上一些罪犯來做比較，我想他們大概已經覺得萬幸了。更何況我從不惹麻煩，也不做傻瓜，我是說我不會把自己賣來的錢拿去叫男人花掉，你說，我有什麼地方不好？」客人被女人的一番見解頂得無話可說，只好苦笑的說：「你是不同的。像你反應這麼快的人，應該去做脫口秀的主持人，你從事這一行，叫那些男人隨便用，真是有點暴殄天物。」女人調皮的說：「怎麼會呢？如果客人都像你這樣，只顧著跟我說話，那我豈不是賺到了。何況人的軀殼又不能保證讓我們能夠安身立命一輩子。有人年紀輕輕就死於天災，死於意外。也有人想不開，隨隨便便就了卻自己一生，我以為只有精神才是永久存在的。我說過我只是拿這個軀殼賺錢，我的靈魂還是屬於我自己……」客人聽女人的話，實在也不知道該回答什麼，臨走前又回頭對她說了一句：「你真是聰明。」女人則對他回報著感謝的笑容，目送他離去。

女人一出了電梯，男人已經等在她門口。她看到他，眼睛一亮，高興的說，

「啊！你為什麼不先打手機給我呢？我可以早一點回來。」男人一聽：「哼」的發出了一聲不滿的聲音才回答：「萬一你剛好脫光了衣服，正在跟人家燕好時，那不就壞了你的生意。」女人一聽他的口氣，就知道他又為了她的工作在生氣。她開了門，把他拖進來沙發坐下。她走到酒櫃前，倒了一杯酒給他，一邊倒一邊說：「你跟我認識才一天？兩年前你不就已經曉得我所做的事了嗎？為什麼到現在還在講這些話呢？」女人倒好酒，順勢脫掉了腳底的高跟鞋，走到男人跟前把酒遞給他，才在他身邊坐下。男人接了酒一口氣就吞下，沒有理會女人的話。女人接著說：「我昨天去存錢，存款簿的數字越來越高了。我想再過不久，我們就可以過我們想過的日子了。」女人說話的語調很高，男人知道她是故意說給他聽的，但仍是悶悶的不說話。女人對男人的態度有些不耐，她加大了音量說：「就算我是躺著賺錢又怎樣呢？難道你沒有睡過別的女人嗎？何況躺著賺錢也很辛苦，我工作累得要死，回到家就是要擺開外面的是非，圖得一份安靜，不是來看你的臉色的。」男人知道女人生氣了，才放下身段的說：「沒錯，你是很辛苦。

但是我也做了兩年的烏龜了……」男人說到此，克制不住自己的情緒，坐在那兒哭喪著臉，像剛剛接到某某人的死訊似的。女人看著有些不忍，但又厭惡男人的死腦筋，她不知道拿什麼話安慰他，故又起身走到酒櫃前，再幫他倒杯酒。

男人閉上眼，動也不動的躺在床上。女人洗了澡從浴室出來，還以為男人睡著了。她不敢拿吹風機吹乾濕漉漉的頭髮，怕吵醒他。因此。拿了一條浴巾拼命的擦拭。男人聽到聲音，睜開眼對著女人說：「怎麼不拿吹風機呢？等一下感冒了。」女人一聽男人的聲音，回頭就給他一個最甜蜜的微笑。「怕吵醒你啊！」她說。女人終究還是沒有拿吹風機，她直接走到他身邊坐下來，抓起男人的手，在臉上輕輕的磨擦著。她問男人：「為什麼今天晚上生這麼大的氣？」男人沒有回答。男人不說，女人其實也明白。她問：「又是誰在你耳邊嚼舌根？」男人說：「你不要管是誰？是誰不重要，重要的是大家都曉得我女朋友是做什麼的。」女人聽到這話，心裏一陣不高興。她說：「你知道我向來最討厭沒有主見的人，天曉得我怎麼就交了一位這樣的男人。」男人聽得出她話裏的諷刺味，把頭一扭，背對著女人不願繼續這對話。女人曉得自己說話刻薄些，口氣頓時緩和下來。她說：「你忘記你朋友去年生意快倒時，是誰幫了他？是我們啊！他跟多少人開口過，誰理他了。這年頭有錢才是正格的，你不知道求人很困難嗎？」男人聽了女人的話，又把頭轉回來。他看著女人說：「你真的愛我嗎？」女人知道男人的心被她軟化了，於是快樂的回答：「當然了。我若不愛你，賺這些錢，計畫這些未來做什麼？」「好！那我們結婚去，你明天就辭職，不要再做了。」男人堅定的說。女人被男人的舉動嚇了一跳，她慌忙的答：「我們錢還沒存夠？」「就這一次你聽我的，否則我們就完了。」男人態度很果決，女人動容了。她哽咽的說：「好，我明天就辭職。」女人在那一刻才發現她的男人其實很有主見，過去是因為讓她，他不想直接表現出來罷了。

女人隔天果然就辭職不幹了。店裏的女人問她：「你不想賺錢了，你不是說人生有錢才真實嗎？」女人笑著回答：「那是以前，現在是人生有愛最重要。」別人再問：「你幹嘛辭職？」女人得意的說：「結婚去囉！」大家一聽，歡呼著說：「冰山美人要嫁人了。」女人大聲笑了出來，冰山被溶化了，女人的笑像春天，冬天已經離她很遠了。

檳榔西施

女孩掏出口紅，拿起鏡子，就開始對著鏡子擦起口紅來。坐在一旁的同伴說道：「已經夠紅了，再擦下去，就跟猴子屁股一樣了。」女孩一聽，馬上笑了出來，她說：「誰教你的？為什麼像猴子屁股？」同伴回她：「我媽啊！小時候學校園遊會，她幫我化妝，上腮紅的時候，我嫌她上得不夠紅，她就笑著說再紅就跟猴子屁股一樣了。所以，我說紅得過分就不好看了，你趕快把你的口紅擦掉一些，越紅顯得你嘴巴大。」女孩認真的盯著同伴的臉，想看看她是不是在說謊。從她一臉正經的表情上看，又看不出個所以然。因此把兩眼的焦距又調回鏡子裏的自己，她看著鏡子裏的嘴唇，然後對著自己說：「我看還好啊！紅得滿好看的。」同伴笑她：「今天一定是去約會哦！是哪個哥哥約你啊？」女孩喜孜孜的說：「哥哥有好幾個，還沒決定跟那一個出去。」同伴聽到她這麼說，就笑著問她：「那你睡了幾個？」女孩一看同伴這麼開她玩笑，就大呼小叫的說：「要死了，你這樣說我，小心舌頭爛掉……」她一邊罵，還一邊拍打著同伴，兩個小女孩就坐在檳榔攤前，旁若無人的鬧了起來，直到有輛車停在他們面前，司機搖下車窗大聲喊著：「小姐，買檳榔啦！」兩個人才停止笑鬧，認真的做生意。

兩個小女孩就是目前在社會上大家所熟知的「檳榔西施」。女孩國中畢業就開始賣檳榔，至今已經一年了。她的同伴賣得比她久一些，經驗也豐富一些，年齡則剛好大她一歲。小女孩剛開始賣檳榔時，不像目前這樣放得開。常常是客人問一句，她答一句。她不僅不知道怎樣拉攏客人，有時連客人說的話她都弄不清楚，所以錯失了很多生意。她曾經被老闆娘罵過，如果生意做不好就不讓她待下去。女孩很害怕失去這個工作機會，她趴在檳榔攤上偷偷的流淚，正巧那天跟她一起顧攤位的就是目前這個同伴。她拿話安慰女孩，並且教她許多行話跟規矩，在同伴的教導下，業績果然就蒸蒸日上。所以，女孩拿同伴就當她是個姐姐一樣的看待。

「檳榔西施」賣檳榔有幾種不同的賣法。有些西施只賣「檳榔」，有些除了賣檳榔，還賣「身材」，也就是打扮非常艷麗性感的坐在那裏，供檳榔客欣賞。有些除了賣上述所提到的內容外，還兼「賣春」。當然，賣春是不能公開言明的，所以懂行的人就曉得如何用「暗語」，那麼檳榔西施就要懂得如何接話，大家才不會會錯意。何況用暗語還有另一層意義，不同的「用詞」還代表價錢的差異。女孩第一次鬧笑話就是因為有客人問她：「有沒有包葉的？」女孩天真的回答：「有啊！沒有包葉怎麼吃？」客人一聽就知道來了一個「幼齒」的，他的「性味」馬上表現出來。他輕浮的答：「當然可以了，還是一樣用咬的嘛！」同伴在一旁悶著頭直笑，女孩卻摸不著頭腦。男人拿了檳榔，付過錢後，還跟女孩說了一句：「小姐，你長得很漂亮，下次再來看你。」最後跟同伴點個頭後才走。

女孩等男人一走，才問同伴：「什麼事這麼好笑？」同伴反問她：「你知不知道什麼叫包葉？」女孩無辜的搖搖頭。同伴笑著說：「你真的很遜耶！包葉就是穿衣服的意思。他是在問你有沒有在做？」女孩一臉茫然的問：「做什麼？」同伴說：「你真的不是普通的遜。當然是做生意了。有穿衣服是一種價錢，沒有穿衣服又是另一種價錢。生意要做到什麼程度你自己決定。」女孩似乎明白了。她問同伴：「那你呢？你做到什麼程度？」同伴說：「幹嘛！你想跟我學習啊！」女孩央求她：「拜託啦！跟我說嘛。」同伴這時才一臉正經的回答：「你跟我不同，我有家庭的經濟壓力，所以我什麼都做。當然，錢賺得也比較多。但是你剛開始做，如果你不用賺錢養家的話，讓男人摸摸，賺一些外快就好了。」女孩一聽同伴這麼說，突然怯怯的問：「你們家欠人家很多錢啊！為什麼你要賺錢養家？」同伴白她一眼說：「我們家是很窮，但是我要養的是我的女兒。」女孩叫了出來：「你有女兒了！」「是啊！」同伴笑著回答。女孩問她：「你女兒多大了？」同伴說：「快兩歲了。」「哇！」女孩發出一聲驚嘆，不曉得自己應該說什麼。

女孩收起鏡子，問同伴：「你看我擦這樣美不美？」同伴說：「很美啊！幹嘛，你今天有約會？」女孩嬌嗔的說：「才不是。我現在不想談戀愛，現在的男人都不會對感情認真，我才不要那麼傻。」同伴問她：「要不然你穿那麼漂亮做什麼？」女孩說：「你不知道嗎？有一個檳榔西施長得很漂亮，被人家找去上電視，而且還被電視台簽下來，她快要做明星了。我想看我有沒有這種機會，所以必須每天都穿得很漂亮，坐在這裏等人家注意。」同伴一聽，把頭扭開，悶悶的沒有說什麼。女孩不知道哪裏說錯了，引得同伴不高興，趕緊問她：「什麼事，你幹嘛這副表情。」同伴深深的嘆了一口氣，小聲的說：「我以前也跟你一樣有好多夢，現在呢？我已經沒有任何機會了。」女孩安慰她：「怎麼會，我們都還很年輕啊！比起二十幾歲的人，我們還是可以跟人家拼一拼。而且你如果不說，也沒有人知道你已經有一個女兒了。」同伴聽到女兒，便笑了出來。她說：「機會我不敢想，我現在只有兩個願望：第一個是好好把女兒養大；第二就是女兒的爸爸趕快把我娶回家。」「你女兒的爸爸現在在哪裏呢？」女孩小心的問。同伴回答：「政府在養！」女孩沒有聽懂，一臉疑問的看著同伴。同伴說：「真土，在吃牢飯嘛！」女孩聽完後直吐舌頭。

「小姐，給我一包檳榔」，客人對著女孩叫。女孩問他：「我們有包葉的，你要不要？」客人一聽，滿臉是問號。女孩知道問錯對象，回頭看著同伴，兩個小女孩當街大笑。客人拿了檳榔就走，小女孩的笑聲卻響徹在整條馬路上。

電話女郎

女人年約四十，是個很普通的家庭主婦。從外表上看，她實在沒有什麼驚人之處，但是如果你聽到她的聲音，一定會訝異她的聲音怎麼那麼性感，那麼有吸引力。「美聲」是女人最大的長處，也是她拿來賺錢的方式。多虧了她性感的聲音，才使她得到這份工作，多賺一些錢。否則，去年夏天怎麼會有錢讓一家五口人去東南亞玩一趟呢？

女人是在一家色情場所工作，不過她出賣的僅是她的聲音，不是她的人。她的工作很簡單，只需要坐在電話前，講一些粗俗淫穢的言語，讓打電話來的男人得到滿足就可以了。這種工作即是所謂的「PHONE SEX」或「電話色情」。女人開始從事這個工作完全是情非得已，如果不是幾年前被朋友倒了會，欠了一屁股爛債，在不得以的情況下，她壓根兒也沒有想過自己會來做這一行。不過，話又說回來，如果不是被倒會，她也不會意外的賺了這些錢，而且還有機會帶小孩出國旅遊，全家人玩得開開心心的。所以，女人對於朋友的惡意倒會，出了事之後又避不見面，已經完全沒有任何恨意了。她現在只想趕緊把債還完，恢復她單純的家庭主婦生活。

女人先生是個老實人，在「稅捐處」上了一輩子的班。他做事規規矩矩，沒有出過任何問題，在辦公室是出了名的老好人。同事有時會開他玩笑，膩稱他為「好先生」。不過，這話裏還有另一層含意，亦即是很好混的先生。因為同事都知道他太太很能幹，男人唯一需要做的事就是把薪水帶回家，其他的他可以一概不管。亦正因為如此，當女人被倒會時，她問先生該怎麼辦？先生沒有責罵，也沒有提供任何意見，他知道反正他說了也是白搭，太太永遠有辦法應付。女人其實也明白先生的想法，但是當面看到他這種反應時，還是忍不住的要生氣。

女人打開報紙開始找工作。她想：「那麼大的一筆債務，要賺到那一年才還得清？」工作還沒找到，女人的煩惱就已經開始了。她把報紙翻來翻去，只得到一個結論，亦即真正能賺錢的行業，就是去賣身。但是她已經這把年紀了，誰會要她呢？外加先生又是個公務人員，再怎麼說她都不能做這種事。可是回頭想想，除了債要還之外，大兒子又要考高中了，念完高中要考大學，這些都需要錢。何況大兒子之後，又有女兒跟小兒子，她要怎麼辦哦？女人一邊找事，一邊掉淚：「怎麼辦？怎麼辦……。」突然，女人眼睛一亮，她看見在職業欄的一個小角落裏，有個徵人啟事，上面有個小標寫著「月入十幾萬」，女人拿著報紙走到電話前開始播號碼。

女人第一天上班時，還覺得很不好意思。因為她從來沒有對著電話，對著陌生人「嗯-嗯-啊-啊」的叫。同事安慰她：「當你叫不出來時，就想著反正你又不知道電話裏的人是誰？而且每叫一聲，就是賺一分錢，你就當自己是在叫鈔票就好了。這種事你做久了就沒有任何感覺。這種錢很好賺，你應該覺得幸運，如果不是你有一副好嗓門，你都不會有這種賺錢機會呢？」女人不語。不過，同事的話果真有道理，女人從這天起就當做是叫鈔票一樣的努力工作，一做順手，她便顧不得那麼多了。

這天，女人打點好家裏後照常去工作。她坐在電話前，心裏在盤算著：「錢已經快還清了，到底還要不要繼續做？如果不做，大兒子要上大學了，萬一他考上私立大學，費用很貴，光是靠他爸爸的薪水，根本不能應付。如果繼續做呢？萬一有一天小孩知道了，那我該怎麼解釋呢？」正想得入神時，電話鈴聲響了，女人拿起電話筒就用她性感低沉的聲音熟練的問對方，看他需要什麼服務？起先，電話的另一端並沒有任何反應，女人做久了，一看這情形就知道是個生手打來的。她用盡了柔媚的聲音的說：「電話費很貴啊！你不是打電話來聽我的聲音……」在女人頻頻的誘惑下，電話的那頭才唯唯諾諾的有個男孩聲音響起，女人一聽這聲音嚇了一跳，她用狐疑的口吻問自己：「這聲音怎麼那麼像我寶貝兒子的聲音？」女人沒有法子演下去，她匆匆忙忙的應付過去，就掛了電話。她沒有心思上班，一顆心全繫在寶貝兒子身上。回到家，女人幾次想開口問兒子，但又不知從何問起，只好忍了下來。她想：「等電話帳單來了再說。」

女人看著帳單上的號碼，心裏頭開始冒起一股無名火。她忍著，忍著，一直等到晚飯過後，才在餐桌上才發作。她打發了兩個小的先回房間，才拿出電話帳單，要兒子解釋這是怎麼一回事。兒子低頭，沒有說什麼。女人轉向先生，她大吼：「你不會說句話嗎？」先生也是無話可說。女人真是火大了，她站在那兒，霹靂啪啦的罵，罵到聲嘶力竭，罵到先生跟兒子都漸漸顯得不耐煩。突然，兒子看著她說：「是爸爸先打的，我就打過一次。我可以回房間了嗎？」女人聽到兒子這麼說，嘴巴張開，卻罵不出來。兒子走了以後，女人問先生：「為什麼？」先生面無表情的回答：「我只想知道你在做什麼？」說完後，就推開椅子，走了出去。女人拉開椅子坐下來，她覺得自己罵了一個晚上，整個人好疲倦，好累。但是，當她的人一趴在桌上，卻又使盡了全身的力氣大聲哭了出來，哭聲把一家老少都給嚇壞了。

叫我公主

女孩坐在椅子上，填下自己的聯絡電話。男人就坐在她的對面，橫眉豎眼一臉凶樣，像剛吃完牢飯似的，對周圍的一切充滿了不滿。女孩沒有理他，填完了資料，逕自走出去。室外陽光正燦爛，女孩一見到大太陽，低聲罵了句粗話。接著趕緊從背包裏拿出「卡文克萊」的太陽眼鏡往臉上一戴，才笑了出來。她一向討厭陽光，所以對夏天特別敏感。她喜歡陰冷的天氣，再冷她都不怕。躲開陽光的荼毒後，她輕輕地吐了一口氣，然後跟自己說：「就是這樣了。」才邁開步伐，往南京東路的方向走去。

女孩今年還未成年，以她的年齡來說，應該是在某個高中學校就讀二年級才是。但是媽媽幫她報了名，給了錢讓她註冊之後，就不管她。於是，她自己偷偷的跑到教務處辦理休學，從此便跟學校沒有關連。女孩長得聰明可愛，乍看之下會讓人以為她像日本某個當紅的電視明星。她的臉蛋原來就清純迷人，不說話時，她的一雙大眼眸又好像隱瞞著許多心事。不過，只要她一開口，旁人對她的刻板印像又會被她活潑的個性給顛覆了。她原來就生得一雙濃濃的眉毛，但她似乎對她的濃眉不是很滿意，因此刻意把它們修成一雙細細彎彎的復古模樣。自從修了眉毛之後，她可愛的五官全走了樣，旁人看起來總是有種刻意的早熟。朋友取笑她，如果在晚上不小心看到她，一定會被她嚇一跳，只因她那雙細細彎彎的復古眉毛，跟她蒼白的皮膚一結合，使她看起來就像日本電影裏的女鬼一般，輕柔的臉頰沒有半點顏色，使人不寒而慄。這是女孩最討厭的一件事，大家老是把她比喻成日本人，她不明白到底是為什麼？

店裏打電話通知她去上班。女孩接到電話後，沒有特別感覺。她照常埋首在她的小說裏。爸爸問她：「是誰打來的？」她頭也不回的說：「要你管！」爸爸很生氣，走過來把她的書丟在地下，對著她的臉怒吼著叫：「你這是什麼態度？我還不夠容忍你，你說休學就休學，你問過我這個做爸爸的沒有？」女孩沉默不語。看著女孩的態度，她爸爸似乎也有滿肚子的苦水要吐。他不管女兒聽不聽，就開始霹靂啪啦的說出來：「你不上學，也不知道自己要幹嘛，每天就知道瞎混。這樣也就算了，吃要吃好，穿要各式名牌，我光應付你還不夠咧，你媽媽三天兩頭就跟我開口，而且一要都是大條的，我真的是欠你們母女哦……」女孩一聽到他提到媽媽，兩眼一紅，就拿話頂回去：「我跟媽媽花你的錢，是合情合理。外頭的女人花你錢，你才是虧大了，你怎麼都不去說他們呢？」她爸爸一聽到她頂撞他，心頭一火，就說：「什麼叫合情合理，我如果不給，你又能怎麼樣？」女孩大聲的回說：「不怎麼樣，我自己有本事賺錢！」她爸爸哼了一聲說：「什麼本事啊？你說給……」女孩懶得聽他囉嗦，一扭頭，就走進自己的房間。

「你知道我們這裏的規矩嗎？」領班問她。女孩搖搖頭。「怎麼，你那天來應徵時，沒有人跟你說？」領班再問。女孩一樣的搖搖頭。領班大概覺得她可愛，就捏捏她的臉頰說：「好吧！我從頭跟你說。不過，我得先幫你簡單的上個妝，你的臉白得有點嚇人，從明天開始，你得先畫了妝再來上班，否則老闆會罵人。」女孩點點頭。領班接著說：「我們是做日本人生意的，日本客人特別多，台灣人也有啦。但是日本人喜歡清純可愛的，就像你這樣……」領班嘰哩呱啦的說了一串，女孩根本沒有仔細聽，她的腦袋不斷的想著：「如果爸爸知道她跑到這種地方來上班的話，他會怎麼樣？我希望他後悔的哭著求我，求我原諒他。當初我不是也哭著求他們不要離婚的嗎？結果呢？誰理我了……」領班看女孩憂容滿面，就開玩笑的說：「怎麼了，跟男朋友吵架？」女孩無力的說：「誰要交男朋友，那是最浪費生命的一件事。」領班不想沒事找事，就正經的說：「好啦，上好了。你的皮膚白，很好上妝。哦，對了，等一下開始工作，你要用什麼名字？」女孩不解的看著領班。「在這裏沒有人用真名上班，如果你不在意，要用也沒有關係。」，領班對著她解釋著說，女孩會意的點頭。碰巧，她眼睛望向桌上，剛好看到一張色情傳單，上面寫著某某大酒店徵年輕貌美的公主，女孩脫口就說出：「叫我公主好了。」領班沒有表示任何意見。女孩起身，要進洗手間看看自己上了妝的臉。領班突然拉住她的手說：「喏！這個給你。」女孩問：「這是什麼東西？」領班笑著回答：「保險套啊！你都不知道。」女孩謝過領班，拿來握在手裏，當場嚇出了一手心的冷汗。

隨 手 心 情

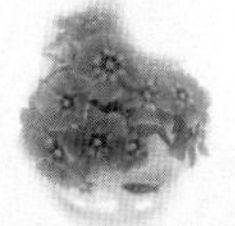

SOHO工作叢書系列

SOHO（Small Office ,Home Office ）～一種向傳統職場挑戰的新工作方式；一個向自我宣誓自由的新工作理念。這是一股擋不住的浪潮，將襲捲全球整個就業市場。

資金籌措調度　人脈尋找累積　專業實力培養

SOHO～YOHO工作叢書系列為您提供各行各業成為SOHO族的有效準備秘訣和問題解答，教您輕輕鬆鬆在家工作，自在生活。

◎ 二十一世紀新工作浪潮
工商企管系列001
作者：廖淑鈴
定價：200元

21世紀的人們，不再為了工作而工作，而是為自己、為生活、為個人志向而工作。本書特別深入介紹各種SOHO的工作型態及此族群在台灣的現況發展，有心走入SOHO工作生涯的人不可錯過！

◎ 美術工作者設計生涯轉轉彎
工商企管系列003
作者：范寶蓮
定價：200元

美術SOHO屬於創意型的專業，他們的入門、準備、心酸與甘苦，皆能於本書獲得解答，想要一窺美術SOHO堂奧的您，趕快翻開本書吧！

◎ 攝影工作者快門生涯轉轉彎

工商企管系列004
作者：林碧雲
定價：200元

這是一本綜合過來人的經驗及客觀的建議，為您透析各類「攝影工作者」實際甘苦的書，讓您做好周全的準備，暢遊SOHO快意人生。

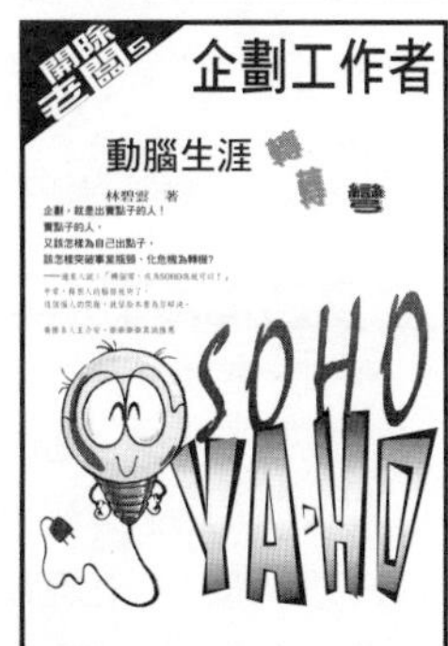

◎ 企劃工作者動腦生涯轉轉彎

工商企管系列005
作者：林書玉
定價：220元

企劃，就是出賣點子的人！賣點子的人又該怎樣為自己出點子，該怎樣突破事業瓶頸，化危機為轉機？別擔心，只要翻開本書，您就能獲得充份的解答。

◎ 電腦工作者滑鼠生涯轉轉彎

工商企管系列006
作者：王潔予
定價：200元

會電腦的人有很多，但懂得用電腦賺錢的人卻不多。本書不但教你如何用電腦賺錢，更教你如何用電腦賺得自由與夢想，有夢的你不要錯過！

本書是為了這些朋友而寫——凡是有心成為自由工作者，或是正朝著專業電腦自由工作者方向努力的朋友，可能是位程式設計師、系統分析師、電腦顧問、系統工程師、網路專家、電腦排版工作者、電腦繪圖設計師、軟硬體供應商，或者是其他與電腦相關的服務者。本書作者將以自身經驗提供你專業實用的資訊，有心成為電腦SOHO者，切勿錯過本書！

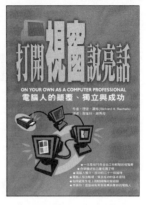

◎ 打開視窗說亮話
工商企管系列008
作者：理查・羅修
譯者：熊家利、周秀玲
定價：220元

經濟再景氣，還是有人倒閉！
經濟不景氣，還是有人大發利市！
所以，你還在以經濟不景氣為藉口嗎？

本書作者曾擔任日本NHK及東京電視台財經節目主播，負責剖析全球經濟情勢，並同時從事專欄寫作、巡迴演講等，為日本極負盛名之財經顧問及經濟評論家。其以多年來對經濟的獨到觀察與研究，徹底為您剖析日本百業如何於泡沫經濟下起死回生，打破所謂企業倒閉是因為經濟不景氣的迷思！

◎ 七大狂銷戰略
工商企管系列009
作者：西村 晃
譯者；陳匡民
定價：220元

◎黛安娜傳（1999年完整修訂版）

PRINCESS OF WALES

作者：安德魯・莫頓

定價：360元

威爾斯之星的誕生與隕落

附黛安娜王妃珍貴彩照80幀

「這是本現代經典之作，該書甚至對主人翁本身也產生重大的影響。」——大衛・撒克斯頓，倫敦標準晚報

黛安娜～一顆璀燦的威爾斯之星，她的風采與隕落，帶給世人多少的驚歎與欷歔。黛妃從1981年與英國王儲查理王子結縭，到1997年8月31日車禍身亡，十七年的時光裏，她一直是世人目光的焦點。在黛妃的一生中，嫁入皇室是榮耀的開始，卻也是寂寞宿命的起始。本書主要描述三個主題：黛安娜的貪食症、自殺傾向以及查理王子跟卡蜜拉之間的關係，徹底揭露黛妃長期於虛偽的皇室中以及在媒體偷窺追逐的壓力下，如何尋找自信與追求自我價值的真實動人歷程，為作者安德魯・莫頓最膾炙人口的一本著作。

安德魯・莫頓曾創造了許多暢銷書，並且獲頒許多獎項，其中包括年度最佳作者獎及年度最佳新聞工作者獎等。本書更為所有介紹黛妃的著作中，唯一詳實記載黛妃受訪內容的一本傳記書籍，其訪談深入黛妃的內心世界，是為黛妃璀燦卻又悲劇性短暫的一生完整全記錄。值此黛妃逝世兩週年之時，讓我們重新認識她那不被世人所了解的一生，領會其獨一無二的風采與智慧。

請沿虛線剪下，對折裝訂後寄回

北區郵政管理局
登記証北台字第9125號
免貼郵票

大都會文化事業有限公司
讀者服務部　收

110 台北市基隆路一段432號4樓之9

寄回這張服務卡(免貼郵票)
您可以
◎ 不定期收到最新出版訊息
◎ 參加各項回饋優惠活動

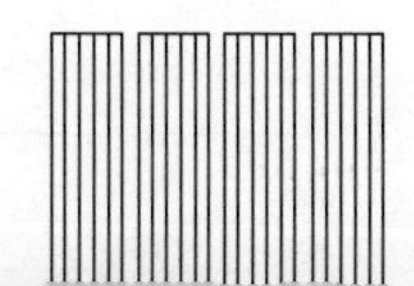

請沿虛線剪下，對折裝訂後寄回

大旗出版・大都會文化　　讀者服務卡

書號：EL003　花落

謝謝您選擇了這本書，我們真的很珍惜這樣奇妙的緣份。期待您的參與，讓我們有更多聯繫與互動的機會。

讀者資料

姓名：________________ 性別：□男　□女

身份證字號：________________ 生日：　年　月　日

學歷：□國中　□高中職　□大專　□大學（或以上）

通訊地址：________________________________

電話：（H）______________ (O)______________

※ 您是我們的知音。所以，往後您直接向本公司訂購（含新書）可享八折優惠。

1.您在何時購得本書：　　年　　月　　日

2.您在何處購得本書：

□書展　□郵購　□書店　□書報攤　□便利商店　□量販店
□其他__________。

3.您從哪裡得知本書（可複選）：

□書店　□廣告　□朋友介紹　□書評推薦　□書籤宣傳品等

4.您喜歡本書的（可複選）：

□內容題材　□字體大小　□翻譯文筆　□封面設計
□價格合理

5.您希望我們為您出版哪類書籍（可複選）：

□旅遊　□科幻　□推理　□史哲類　□傳記　□藝術　□音樂
□財經企管　□電影小說　□散文小說　□生活休閒　□其 他

6.您的建議：________________________________

____

____

____

花落

作　　者：林書玉
發 行 人：林敬彬
企劃主編：簡玉書
美術編輯：張美清
封面設計：張美清

出　　版：大旗出版社　局版北市業字第1688號
發　　行：大都會文化事業有限公司
台北市基隆路一段432號4樓之9
電 話：02-27235216　傳真：02-27235220
e-mail：metro@ms21.hinet.net

郵政劃撥：14050529　大都會文化事業有限公司
出版日期：1999年12月初版第1刷
定　　價：180元
ISBN：957-8219-11-3
書號：EL003

國家圖書館出版品預行編目資料

花落／林書玉著.　—— 出版. —— 臺北市 ： 大旗
出版：大都會文化發行，1999〔民88〕
面；公分——
ISBN　957-8219-11-3

857.63　　88015654